平屋杂文

夏丏尊 著

中国青年出版社

开篇词——"老开明原版名家散文系列"

中国出版史上这样记载着：

开明书店——成立于1926年。

青年出版社——成立于1950年。

中国青年出版社——于1953年由开明书店和青年出版社合并而成立。

开明——中青，从此便有了血脉关系。八十多年的『开明』历史，超过一个甲子的『中青』历程，数代人辛勤劳作，培育出的是一座斑斓绚丽的昆仑园囿。我们采撷其中最美的一束花朵，敬献给深深关爱着我们的广大读者和作者。

愿这束花朵，在您的案头或手上散发馨香。

二

多呢，還是商科畢業生多於是乎，知識階級的諸君只好從政與教書了。從政比較要有手腕教書比較要有實力，那末無手腕無實力的諸君怎樣呢？

友人子愷的漫畫集中曾有一幅叫做畢業後的畫畫一西裝少年叉手枯坐壁間題着大學畢業證書這雖是近於刻毒的諷刺但實際上這樣畫中人恐到處皆是吧。

民十三年上海郵務局招考郵務員四十八應試者逾四千八我有一個朋友曾畢業於日本東京高師英語部的亦居然去與試取錄了還須候補這位朋友未及補缺已於去年之秋，上海某國立大學招考書記七八，而應試者至百六七十八之多我曾從該校教授的朋友某君處看到他們的試卷與相片履歷文章的過得去不消說字體的漂亮都不愧爲知識階級其履歷有曾從法政專門畢業做過書記官的，有曾在某大學畢業的有曾在師範學校畢業做過若干年的小學教師的，我那時不禁要欷惋了說：「斯文掃地盡矣」

洋服掛自來水筆的學生蹩歟盛矣！

但世間好事是無常的，知識階級的所以受歡迎實由於數目的稀少，金剛石原是貴重的東西，如果隨處隨時產出就要不值人一顧了。全國教育誠不能算已發達，中等以上的畢業生年年產數當不在少數，單就上海一隅說專門或大學畢業生可得幾千，全國合計應有幾萬吧，這每年幾萬的知識階級他們到那裏去呢？有錢有勢的不消說會出洋，出洋最初是到日本十五年前流行的是到美國現在則一致會赴法蘭西了。出洋諸君一切問題尚在成了博士回國以後暫且擱在一邊，當面所要考察的是無力鍍金留在本國的諸君的問題。

不論是習農的習商的或是習工的，習甚麼，在中國現今，知識階級的出路只有兩條康莊大道：一是從政，一是教書。不信但看事實，中國已有不少的農科畢業生了，試問全國有若干區的農場？已有不少的工科畢業生了，試問夠得上近代工業的工廠有幾處？至於商業原是中國人素所自豪的行業，但試問公司銀行中店員是經理股東的親戚本家

自 序

把所写的文字收集了一部分付印成书,叫做《平屋杂文》。

自从祖宅出卖以后,我就没有自己的屋住。白马湖几间小平屋的造成,在我要算是一生值得纪念的大事。集中所收的文字,大多数并不是在平屋里写的,却差不多都是平屋造成以后的东西,最早的在民国十年,正是平屋造成的那一年。就文字的性质看,有评论,有小说,有随笔,每种分量既少,而且都不三不四得可以,评论不像评论,小说不像小说,随笔不像随笔。近来有人新造一个杂文的名词,把不三不四的东西叫做杂文,我觉得我的文字正配叫杂文,所以就定了这个书名。

我对于文学，的确如赵景深先生在《立报言林》上所说"不大努力"。我自认不配做文人，写的东西既不多，而且并不自己记忆保存。这回结集起来付印，全出于几个朋友的怂恿，朋友之中怂恿最力的要算郑振铎先生，他在这一年来，几乎每次见到就谈起出集子的事。

长女吉子，是平日关心我的文字的。她曾预备替我做收集的工作，不幸今年夏天竟病亡，不及从她父亲的文集里再读她父亲的文字了！

二十五年十二月，夏丏尊

目录

光复杂忆 ………………………… 九七
我的中学生时代 ………………… 八九
「鸟与文学」序 ………………… 八七
「子恺漫画」序 ………………… 八三
知识阶级的运命 ………………… 七一
误用的并存和折中 ……………… 六七
对了米莱的「晚钟」 …………… 五八
闻歌有感 ………………………… 五一
一种默契 ………………………… 四八
幽默的叫卖声 …………………… 四五
谈吃 ……………………………… 四〇
灶君与财神 ……………………… 三五
命相家 …………………………… 三〇
长闲 ……………………………… 二二
猫 ………………………………… 一三
怯弱者 …………………………… 一

读诗偶感	一五一
致文学青年	一四七
整理好了的箱子	一四四
两个家	一三九
良乡栗子	一三六
白马湖之冬	一三三
原始的媒妁	一三一
春的欢悦与感伤	一二八
阮玲玉的死	一二四
送殡的归途	一二三
早老者的忏悔	一一八
中年人的寂寞	一一五
钢铁假山	一一二
试炼	一〇九
我之于书	一〇七
一个追忆	一〇四
紧张气氛的回忆	一〇一

七

怯弱者

一

阴历七月中旬,暑假快将过完,他因在家乡住厌了,就利用了所剩无几的闲暇,来到上海。照例耽搁在他四弟行里。

"老五昨天又来过了,向我要钱,我给了他十五块钱。据说前一会浦东纱厂为了五卅事件,久不上工,他在领总工会的维持费呢。唉,可怜!"兄弟晤面了没有多少时候,老四就报告幼弟老五的近况给他听。

"哦!"他淡然地说。

"你总只是说'哦',我真受累极了。钱还是小事,看了他那样儿,真是不忍。鸦片恐还在吃吧,你看,靠了苏州人做女工,哪里养得活他。"

"但是有什么法子啰!"他仍淡然。

自从老五在杭州讨了所谓苏州人,把典铺的生意失去了以后,虽同住在杭州,他对于老五就一反了从前劝勉慰藉的态度,渐渐地敬而远之起来。老五常到他家里来,诉说失业后的贫困和妻妾

二

间的风波，他除了于手头有钱时接济些以外，一概不甚过问。老五有时说家里有菜，来招他吃饭，他也托故谢绝。他当时所最怕的，是和那所谓苏州人的女人见面。

"见了怎样称呼呢？她原是拱宸桥货，也许会老了脸皮叫我三哥吧，我叫她什么？不尴不尬的！"这是他心里所老抱着的过滤。

有一天，他从学校回到家里，妻说：

"今天五弟领了苏州人来过了，说来见见我们的。才回去哩。"

他想，幸而迟了些回来，否则糟了。但仍不免为好奇心所驱：

"是怎样一个人？漂亮吗？"

"也不见得比五娘长得好。瘦长的身材，脸色黄黄的，穿的也不十分讲究。据说五弟，当时做给她的衣服已有许多在典铺里了。五弟也憔悴得可怜，和在当铺里时比起来，竟似两个人。何苦啊，真是前世事！"

老五的状况，愈弄愈坏。他每次听到关于老五的音信，就想象到自己手足沉沦的悲惨。可是却无勇气去直视这沉沦的光景。自从他因职务上的变更迁居乡间，老五曾为年过不去，奔到乡间来向他告贷一次，以后就无来往，唯从他老四那里听到老五的消息而已。有时到上海，听到老五已把正妻逼回母家，

三

带了苏州人到上海来了。有时到上海,听到老五由老四荐至某店,亏空了许多钱,老四吃了多少的赔账。有时到上海,听到老五梅毒复发了,卧在床上不能行动。后来又听到苏州人入浦东某纱厂做女工了,老五就住在浦东的贫民窟里。

当老四每次把老五的消息说给他听时,他的回答,只是一个"哦"字。实际,在他,除了回答说"哦"以外,什么都不能说了。

"不知老五究竟苦到怎样地步了,既到了上海,就去望他一次吧。"有时他也曾这样想。可是同时又想到:

"去也没用,梅毒已到了第三期了,鸦片仍在吸,住在贫民窟里,这光景见了何等难堪。况且还有那个苏州人………横竖是无法救了的,还是有钱时送给他些吧,他所要的是钱,其实单靠钱也救他不了……"

自从有一次在老四行里偶然碰见老五,彼此说了些无关轻重的话就别开以后,他已有二年多不见老五了。

二

到上海的第二天,他才和朋友在馆子里吃了中饭回到行里去,见老四皱了眉头和一个工人模样的人在谈话。

"老三,说老五染了时疫,昨天晚上起到今天早晨泻过了好几十次,指上的螺也已瘪了。这是老五的邻居,特地从浦东

四

赶来通报的。"他才除了草帽,就从老四口里听到这样的话。

"哦,"他一边回答,一边脱下长衫到里间去挂。

"那么,你先回去,我们就派人来。"他在里间听见老四送浦东来人出去。

立时,行中伙友们都失了常度似的说东话西起来了。

"前天还好好地到此地来过的。"张先生说。

"这时候正危险,一不小心……"在打算盘的王先生从旁加入。

老四一进到里间,就神情凄楚地:

"说是昨天到上海来,买了二块钱的鸦片去。——大概就是我给他的钱吧——因肚子饿了,在小面馆里吃了一碗面,回去还自己煎鸦片的。到夜饭后就发起病来。照来人说的情形,性命恐怕难保的了。事已如此,非有人去不可。我也未曾去过,有地址在此,总可问得到的。你也同去吧。"

"我不去!"

"你怕传染吗?自己的兄弟呢。"老四瞪了目说。

"传染倒不怕,我在家里的时候,已请医生打过预防针了的。实在怕见那种凄惨的光景,我看最要紧的,还是派个人去,把他送入病院吧。"

"但是,总非得有人去不可。你不去,只好我一个人去。——一个人去也有些胆小,还是叫吉和叔同去吧,他是能干的,有要紧的时候,可以帮帮。"老四一边说一边急摇电话。

果然,他吉和叔一接电话就来,老四立刻带了些钱着了长衫同去了。他只是懒懒地靠在沙发上目送他们出门。行中伙友都向他凝视,那许多惊讶的眼光,似乎都在说他不近人情。

他也自觉有些不近人情起来,自恨自己怯弱,没有直视苦难的能力,却又具有着对于苦难的敏感。身子虽在沙发上,心已似飞到浦东,一味作着悲哀的想象:

"老五此刻想泻得乏力了,眼睛大约已凹进了,据说霍乱症一泻肉就瘦落的。——不或者已气绝了。……"

他用了努力把这种想象压住,同时却又因了联想,纷然地回忆起许多往事来:记到儿时兄弟在老屋檐前怎样玩耍,母亲在日怎样爱恋老五,老五幼时怎样吃着嘴讲话讨人欢喜,结婚后怎样不平,怎样开始放荡,自己当时怎样劝导,第一次发梅毒时,自己怎样得知了跑到拱宸桥去望他,怎样想法替他担任筹偿旧债。又记到自己幼时逢大雷雨躲入床内,得知家里要杀鸡,就立即逃避。看戏时遇到《翠屏山杀嫂》等戏要当场出彩,预先俯下头去,以及妻每次生产时,不敢走入产房,只在别室中闷闷地听着妻的呻吟声默祷她安全的光景。又记到二十五岁那年母亲在自己腕上气绝时自己的难忍,五岁爱儿患了肺炎将断气时虽嘶了声叫"爸爸来,爸爸来",自己不敢进去抱他,终于让他死在妻怀里的情形。

六

　　种种的想象与回忆,使他不能安坐在沙发上。他悄然地披上长衣,拿了草帽无目的地向外走去。见了路上的车水马龙,愈觉着寂寥,夕阳红红地射在夏布长衫上,可是在他却时觉有些寒噤。他荡了不少的马路,终于走入一家酒肆,拣了一个僻静的位子坐下。

　　电灯早亮了,他还是坐着,约莫到了八点钟,才懒懒地起身。他怕到了老四行里,得知恶消息,但不得消息,又不放心。大了胆到了行里,见老四和他吉和叔还未回行,又忐忑不安起来:

　　"这许多时候不回来,怕是老五已死了。也许是生死未定,他们为了救治,所以离不开身的。"这样自己猜忖。

　　老四等从浦东回来已在九点钟以后。

　　"你好!这样写意地躺在沙发上,我们一直到此刻才算'眼不见为净',连夜饭都还未下肚呢!"他吉和叔一进来就含笑带怒地说。

　　他一听了他吉和叔的责言,几乎要辩解了说"我在这里恐比你们更难过些"。可是终于咽住。因了他吉和叔的言语和神情,推测到老五还活着,紧张的心绪也就宽缓了些。

　　"病得怎样?不要紧吗?"他禁不住一见老四就问。

　　"泻是还在泻,神志尚清,替他请了个医生来打过盐水针,所以一直弄到此刻。据医生说温度已有些减低,救治欠早,约定明晨再来替他诊视一次,但愿今夜不再泻,就不要紧。——

我们要回来时，苏州人向着我们哀哭，商量后事，说她曾割过股了，万一老五不好，还要替他守节。却不料妓女中竟有这样的人。——老五自己说恐今夜难过，要我们陪他。但是地方却不像个样子，只是小小的一间楼上，便桶、风炉，就在床边，一进房便是臭气。我实在要留也不能留在那里，只好硬了心肠回来。"

他吉和叔说恐受有秽气，吃饭时特叫买了高粱酒，一壁饮酒一壁杂谈方才到浦东去的情形：说什么左右邻居一见有着长衫的人去，就大惊小怪地拢来，医生打盐水针时，满房立满了赤膊的男人和抱小孩的女人，尽回复也不肯散，以及小弄堂内苍蝇怎样多，想到自己祖父名下的人落魄至于住到这种场所，心里怎样难过。他只是托了头坐在旁边听着。等到饭毕，他吉和叔回去以后，还是茫然地坐在原处不动。

"我预备叫车夫阿兔到浦东去，今夜就叫他陪在那里，有要紧即来报告。再向朋友那里挑些大土膏子带去。今夜大约是不要紧的，且到明天再说吧。"老四一边说，一边就写条子问朋友借鸦片，按电铃叫车夫阿兔。

"死了怎样呢？"他情不自禁地自己嘟咕着说。

"死了也没有法子，给他备衣棺，给他安葬，横竖只要钱就是了。世间有你这样的人！还说是读书的！遇事既要躲避，又放不下，老是这样粘缠！"

老四说时笑了起来,他也不觉为之破颜自笑自己真太呆蠢,记起母亲病危时妻的话来:

"你这样夜不合眼,饭也不吃,自割自吊地烦恼,倒反使病人难过,连我们也被你弄得心乱了。你看四弟呵,他服伺病人,延医,买药,病人床前有人时,就偷空去睡,起来又做事,何尝像你的空忙乱!"

老四回寓以后,他也就睡,因为睡不去,重起来把电灯熄了,电灯一熄。月光从窗间透入。记起今夜是阴历七月十五的鬼节,不禁有些毛骨悚然,似乎四周充满了鬼气似的。

三

天一亮,车夫阿兔回来,说泻仍未止,病势已笃,病人昨天知道老三在上海,夜间好几次地说要叫老三去见见。

他张开了红红的眼在床上坐起身来听毕阿兔的报告:

"哦!知道了!"

他胡乱地把面洗了,独自坐在沙发上,拿了一张旧报纸茫然地看着。心里不绝地回旋。

"这真是兄弟最后的一会了⋯⋯但正惟其是兄弟,正惟其是最后一会,所以不忍,别说他在浦东贫民窟里,别说还有那个所谓苏州人,就是他清清爽爽地在自己老家里,到这时我也要逃开的⋯⋯可惜昨天不去,昨天去了,不是也过去了吗?

昨天不去，今天更不忍去了。……不过，不去又究竟于心不安。……"

这样的自己主张和自己打消，使他苦闷得坐不住，立起身来在客堂圆桌周围只管绕行！一直到行中伙友人有起来为止。

九时老四到行，从车夫阿兔口中问得浦东消息，即向他说：

"那么，你就去一趟吧，叫阿兔陪你去好吗？"

"我不去！"他断然地说。

兄弟二人默然相对移时。浦东又有人来急报病人已于八时左右气绝了。

"终于不救！"老四闻报叹息说。

"唉！"他只是叹息。同时因了事件的解决，紧张的心情，反觉为之一宽。

行中伙友又失起常度来了，大家拢来问讯，互相谈论。

"季方先生人是最好的，不过讨了个小，景况又不大好。这样死了，真是太委屈了！"一个说。

"他真是一个老实人，因为太忠厚了，所以到处都吃亏。"一个说。

"默之先生，早知道如此，你昨天应该去会一会的。"张先生向了他说。

"去也无用，徒然难过。其实，像我们老五这种人，除了死已没有路了的。死了倒是他的福。"他故意说得坚强。

老四打发了浦东来报信的人回去,又打电话叫了他吉和叔来,商量买棺材衣衾,及殓后送柩到斜桥绍兴会馆去的事。他只是坐在旁听着。

"棺材五六十元,衣衾五六十元,其他开销约二三十元,将来还要运送回去安葬……"老四拨着算盘子向着他说。

"我虽穷,将来也愿凑些。钱的事情究竟还不算十分难。"

他吉和叔与老四急忙出去,他也披起长衣就怅怅无所之地走出了行门。

四

当夜送殓,次晨送殡,他都未到。他携了香烛悄然地到斜桥绍兴会馆,是在殡后第二日下午,他要动身回里的前几点钟。

一下电车,沿途就见到好几次的丧事行列,有的有些排场,有的只是前面扛着一口棺材,后面东洋车上坐着几个着丧服的妇女或小孩。

"不过一顿饭的工夫,见到好几十口棺材了,这几天天天如此,人真不值钱啊。"他因让路,顺便走入一家店铺买香烟时,那店伙自己在唧咕着。

他听了不胜无常之感。走在烈日之中,汗虽直淋,而身上却觉有些寒栗。因了这普遍的无常之感,对于自己兄弟的感伤,反淡了许多,觉得死的不但是自己的兄弟。

二

进了会馆门,见各厅堂中都有身着素服的男女休息着,有的泪痕才干,眼睛还红肿,有的尚在啜泣,他从管会馆的司事那里问清了老五的殡所号数,叫茶房领到柩厂中去。

穿过圆洞门,就是一弄一弄的柩厂。厂中阴惨惨的不大有阳光,上下重叠地满排着灵柩,远望去有黑色的,有赭色的,有和头上有金花样的。两旁分排,中间只有一人可走的小路。他一见这光景,害怕得几乎要逃出,勉强大着了胆前进。

"在这弄里左边下排着末第三号就是,和头上都钉得有木牌的。你自去认吧。"茶房指着弄口说了急去。

他才踏进弄,即吓得把脚缩了出来。继而念及今天来的目的,于是重新屏住了鼻息目不旁瞬地进去。及将到末尾,才去注意和头上的木牌。果然找着了,棺口湿湿的似新封未干,牌上写着的姓名籍贯年龄,确是老五。

"老五!"他不禁在心里默呼了一声,鞠下躬去,不禁泫然的要落下泪来,满想对棺祷诉,终于不敢久立,就飞步地跑了出来。到弄外呼吸了几口大气,又向弄内看了几看才走。

到了客堂里,茶房泡出茶来,他叫茶房把香烛点了,默默地看着香烛坐了一会。

"老五!对不住你!你是一向知道我的,现在应更知道我了。"这是他离会馆时心内的话。

一出会馆门,他心里顿觉宽松了不少,似乎释了什么重负

一二

似的。坐在从斜桥到十六铺的电车上,他几乎睡去。原来,他已疲劳极了。

上船不久,船就开驶,他于船初开时,每次总要出来望望的。平常总向上海方面看,这次独向浦东方面看。沿江连排红顶的码头栈房后背,这边那边地矗立着几十支大烟囱,黑烟在夕阳里败絮似的喷着。

"不知哪条烟囱是某纱厂的,不知哪条烟囱旁边的小房子是老五断气的地方。"他竖起了脚跟伸了头颈注意一一地望。

船已驶到几乎看不到人烟的地方了,他还是靠在栏杆上向船后望着。

——《小说月报》第十七卷第五号

猫

白马湖新居落成，把家眷迁回故乡后数日，妹就携了四岁的外甥女，由二十里外的夫家雇船来访。自从母亲死后，兄弟们各依了职业迁居外方，故居初则赁与别家，继则因兄弟间种种关系，不得不把先人有过辛苦历史的高大屋宇，售让给附近的暴发户，于是兄弟们回故乡的机会就少，而妹也已有六七年无归宁的处所了。这次相见，彼此既快乐又酸辛，小孩之中，竟有未曾见过姑母的。外甥女也当然不认得舅妗和表姐，虽经大人指导勉强称呼，总都是呆呆地相觑着。

新居在一个学校附近，背山临水，地位清静，只不过平屋四间。论其构造，连老屋的厨房还比不上，妹却极口表示满意：

"虽比不上老屋，终究是自己的房子，我家在本地已有许多年没有房子了！自从老屋卖去以后，我多少被人瞧不起！每次乘船行过老屋的面前，真是……"

一四

妻见妹说时眼圈有点红了，就忙用话岔开：

"妹妹你看，我老了许多了吧？你却总是这样后生。"

"三姐倒不老！——人总是要老的，大家小孩都已这样大了，他们大起来，就是我们在老起来。我们已六七年不见了呢。"

"快弄饭去吧！"我听了她们的对话，恐再牵入悲境，故意打断话头，使妻走开。

妹自幼从我学会了酒，能略饮几杯。兄妹且饮且谈，嫂也在旁羼着。话题由此及彼，一直谈到饭后，还连续不断。每到妹和妻要谈到家事或婆媳小姑关系上去，我总立即设法打断，因为我是深知道妹在夫家的境遇的，很不愿在难得晤面的当初，就引起悲怀。

忽然天花板上起了嘈杂的鼠声。

"新造的房子，老鼠就这样多了吗？"妹惊讶了问。

"大概是近山的缘故吧。据说房子未造好就有了老鼠的。晚上更厉害，今夜你听，好像在打仗哩，你们那里怎样？"妻说。

"还好，我家有猫。——快要产小猫了，将来可捉一只来。"

"猫也大有好坏，坏的猫老鼠不捕，反要偷食，到处撒屎，还是不养好。"我正在寻觅轻松的话题，就顺了势谈到猫上去。

"猫也和人一样，有种子好不好的，我那里的猫，是好种，不偷食，每朝把屎撒在盛灰的畚斗里。——你记得从前老四房里有一只好猫吧。我们那只猫，就是从老四房讨去的小猫。

近来听说老四房里已断了种了——每年生一胎,附近养蚕的人家都来千求万恳地讨,据说讨去都不淘气的。现在又快要生小猫了。"

老四房里的那只猫向来有名。最初的老猫,是曾祖在时,就有了的。不知是哪里得来的种子,白地,小黄黑花斑,毛色很嫩,望去像上等的狐皮"金银肷"。善捉鼠,性质却柔驯得了不得,当我小的时候,常去抱来玩弄,听它念肚里佛,挖看它的眼睛,不啻是一个小伴侣。后来我由外面回家,每走到老四房去,有时还看见这小伴侣——的子孙。曾也想讨只小猫到家里去养,终难得逢到恰好有小猫的机会,自迁居他乡,十年来久不忆及了。不料现在种子未绝,妹家现在所养的,不知已是最初老猫的几世孙了。家道中落以来,田产室庐大半荡尽,而曾祖时代的猫,尚间接地在妹家留着种子,这真是一种不可思议的缘,值得叫人无限感兴的了。

"哦!就是那只猫的种子!好的,将来就给我们一只。那只猫的种子是近地有名的。花纹还没有变吗?"

"你欢喜哪一种?——一胎多则三只,少则两只,其中大概有一只是金银肷的,有一两只是白中带黑斑的,每年都是如此。"

"那自然要金银肷的啰。"我脑中不禁浮出孩时小伴侣的印象来。更联想到那如云的往事,为之茫然。

妻和妹之间，猫的谈话，仍被继续着，儿女中大些的张了眼听，最小的阿满，摇着妻的膝问："小猫几时会来？"我也靠在藤椅子上吸着烟默然听她们。

"小猫的时候，要教它会才好。如果撒屎在地板上了，就捉到撒屎的地方，当着它的屎打，到碗中偷食吃的时候，就把碗摆在它的前面打，这样打了几次，它就不敢乱撒屎多偷食了。"

妹的猫教育论，引得大家都笑了。

次晨，妹说即须回去，约定过几天再来久留几日，临走的时候还说：

"昨晚上老鼠真吵得厉害，下次来时，替你们把猫捉来吧。"

妹去后，全家多了一个猫的话题。最性急的自然是小孩，他们常问："姑妈几时来？"其实都是为猫而问，我虽每回答他们"自然会来的，会来的，性急什么？"而心里也对于那与我家一系有二十多年历史的猫，怀着迫切的期待，巴不得妹——猫快来。

妹的第二次来，在一个月以后，带来的只是赠送小孩的果物和若干种的花草苗种，并没有猫。说前几天才出生，要一月后方可离母，此次生了三只，一只是金银灰的，其余两只是黑白花和狸斑花的，讨的人家很多，已替我们把金银灰的留定了。

猫的被送来已是妹第二次回去后半月光景的事，那时已过端午，我从学校回去，一进门妻就和我说：

"妹妹今天差人把猫送来了,她有一封信在这里。说从回去以后就有些不适。大约是寒热,不要紧的。"

我从妻手里接了信草草一看,同时就向室中四望:

"猫呢?"

"她们在弄它。阿吉、阿满,你们把猫抱来给爸爸看!"

立刻,柔弱的"喵喵喵"声从房中听得阿满抱出猫来:

"会念佛的,一到就蹲在床下,妈说它是新娘子呢。"

我在女儿手中把小猫熟视着说:

"还小呢,别去提它,放在地上,过几天会熟的。当心碰见狗!"

阿满将猫放下。猫把背一耸就踉跄地向房里遁去。接着就从房内发出柔弱的"喵喵喵"的叫声。

"去看看它躲在什么地方。"阿吉和阿满蹑了脚进房去。

"不要去捉它啊!"妻从后叮嘱她们。

猫确是金银欤,虽然产毛未褪,黄白还未十分夺目,尽足依约地唤起从前老四房里小伴侣的印象。"喵喵喵"的叫声,和"咪咪"的呼唤声,在家中起了新气氛,在我心中却成了一个联想过去的媒介,想到儿时的趣味,想到家况未中落时的光景。

与猫同来的,总以为不成问题的妹的病消息,一两日后竟由沉重而至于危笃,终于因恶性疟疾引起了流产,遗下未足月的女孩而弃去这世界了。

一家人参与丧事完毕从丧家回来,一进门就听到"喵喵喵"的猫声。

"这猫真不利,它是首先来报妹妹的死信的!"妻见了猫叹息着说。

猫正在檐前伸了小足爬搔着柱子,突然见我们来,就踉跄逃去,阿满赶到厨下把它捉来了,捧在手里:

"你还要逃,都是你不好!妈!快打!"

"畜生晓得什么?唉,真不利!"妻呆呆地望着猫这样说,忘记了自己的矛盾,倒弄得阿满把猫捧在手里瞪目茫然了。

"把它关在伙食间里,别放它出来?"我一边说一边懒懒地走入卧室睡去。我实在已怕看这猫了。

立时从伙食间里发出"喵喵喵"的悲鸣声和嘈杂的搔爬声来。努力想睡,总是睡不着。原想起来把猫重新放出,终于无心动弹,连向那就在房外的妻女叫一声"把猫放出"的心绪也没有,只让自己听着那连续的猫声,一味沉浸在悲哀里。

从此以后,这小小的猫,在全家成了一个联想死者的媒介,特别的在我,这猫所暗示的新的悲哀的创伤,是用了家道中落等类的怅惘包裹着的。

伤逝的悲怀,随着暑气一天一天地淡去,猫也一天一天地长大,从前被全家所诅咒的这不幸的猫,这时渐被全家宠爱珍惜起来了，当做了死者的纪念物。每餐给它吃鱼，归阿满饲它，晚上抱进房里，恐防被人偷了或是被野狗咬伤。

　　白玉似的毛地上，黄黑斑错落得非常明显，当那蹲在草地上或跳掷在凤仙花丛里的时候，望去真是美丽。每当附近四邻或路过的人，见了称赞说"好猫"的时候，妻脸上就现出一种莫可言说的矜夸，好像是养着一个好儿子或是好女儿。特别的是阿满：

　　"这是我家的猫，是姑母送来的，姑母死了，只剩了这只猫了！"她当有人来称赞猫的时候，不管那人陌生与不陌生，总会睁圆了眼起劲地对他说明这些。

　　猫做了一家的宠儿了，每餐食桌旁总有它的位置，偶然偷了食或是乱撒了屎，虽然依妹的教育法是要就地罚打的，妻也总看妹面上宽恕过去。阿吉阿满一从学校里回来就用了带子逗它玩，或是捉迷藏似的在庭间追赶它。我也常于初秋的夕阳中坐在檐下对了这跳掷着的小动物作种种的遐想。

　　那是快近中秋的一个晚上的事：湖上邻居的几位朋友，晚饭后散步到了我家里，大家在月下闲话，阿满和猫在草地上追逐着玩。客去后，我和妻搬进几椅正要关门就寝，妻照例记起猫来。

　　"咪咪！"

　　"咪咪！"阿吉阿满也跟着唤。

可是却听不到猫的"喵喵喵"的回答。

"没有呢!哪里去了?阿满,不是你捉出来的吗?去寻来!"妻着急起来了。

"刚刚在天井里的。"阿满瞠了眼含糊地回答,一壁哭了起来。

"还哭!都是你不好!夜了还捉出来做什么呢——咪咪,咪咪!"妻一壁责骂阿满一壁嗄了声再唤。

"咪咪,咪咪!"我也不禁附和着唤。

可是仍听不到猫的"喵喵喵"的回答。

叫小孩睡好了,重新找寻,室内室外,东邻西舍,到处分头都寻遍,哪有猫的影儿?连方才谈天的几位朋友都过来帮着在月光下寻觅,也终于不见形影。一直闹到十二点多钟。月亮已照屋角为止。

"夜深了,把窗门暂时开着,等它自己回来吧——偷是没有人偷的,或者被狗咬死了,但又听不见它叫。也许不至于此,今夜且让它去吧。"我宽慰着妻,关了大门,先入卧室去。在枕上还听到妻的"咪咪"的呼声。

猫终于不回来。从次日起,一家好像失了什么似的,都觉到说不出的寂寥。小孩从放学回来也不如平日的高兴,特别的在我,于妻女所感得的以外,顿然失却了沉思过去种种悲欢往

二

事的媒介物，觉得寂寥更甚。

第三日傍晚，我因寂寥不过了，独自在屋后山边散步，忽然在山脚田坑中发现猫的尸体。全身粘着水泥，软软地倒在坑里，毛贴着肉，身躯细了好些，项有血迹似确是被狗或野兽咬死了的。

"猫在这里！"我不觉自叫了说。

"在哪里？"妻和女孩先后跑来，见了猫都呆呆地几乎一时说不出话。

"可怜！一定是野狗咬死的。阿满，都是你不好！前晚你不捉它出来，哪里会死呢？下世去要成冤家啊！——唉！妹妹死了。连妹妹给我们的猫也死了。"妻说时声音呜咽了。

阿满哭了，阿吉也呆着不动。

"进去吧，死了也就算了，人都要死哩，别说猫！快叫人来把它葬了。"我催她们离开。

妻和女孩进去了。我向猫作了最后的一瞥，在昏黄中独自徘徊。日来已失了联想媒介的无数往事，都回光返照似的一时强烈地齐现到心上来。

——《一般》第二号

长闲

他午睡醒来,见才拿在手中的一本《陶集》皱折了倒在枕畔。午饭时还阴沉的天,忽快晴了,窗外柳丝摇曳,也和方才转过了方向。新鲜的阳光把隔湖诸山的皱褶照得非常清澈,望去好像移近了一些。新绿杂在旧绿中,带着些黄味,他无识地微吟着"此中有深意,欲辩已忘言",揉着倦饧饧的眼,走到吃饭间。见桌上并列地丢着两个书包,知道两女儿已从小学散学回来了。屋内寂静无声,妻的针线笸里,松松地闲放着快做成的小孩单衣,针子带了线斜定在纽结上。壁上时钟正指着四点三十分。

他似乎一时想走入书斋去,终于不自禁地踱出廊下。见老女仆正在檐下揩抹预备腌菜的瓶坛,似才从河埠洗涤了来的。

"先生起来了,要脸水吗?"

"不要。"他躺下摆在檐头的藤椅去,就燃起了卷烟。

"今天就这样过去吧,且等到晚上

再说了。"他在心里这样自语。躺了吸着烟,看看墙外的山,门前的水,又看看墙内外的花木;悠然了一会。忽然立起身来从檐柱上取下挂在那里的小锯子,携了一条板凳,急急地跑出墙门外去。

"又要去锯树了。先生回来了以后,日日只是弄这些树木的。"他从背后听到女仆在带笑这样说。

方出大门,见妻和二女孩都在屋前园圃里,妻在摘桑,二女孩在旁"这片大,这片大"地指着。

"阿吉、阿满,你们看,爸爸又要锯树了。"妻笑了说。

"这桠杈太密了,再锯去它。小孩别过来!"他踏上凳去。把锯子搁到那方才看了不中意的柳枝去。

小孩手臂样粗的树枝,"啪地"一落下,不但本树的姿态为之一变,就是前后左右各树的气象及周围的气氛,在他看来,也都如一新。携了板凳回入庭心,把头这里那里的侧着看了玩味一会,觉得今天最得意的事,就是这件了。于是仍去躺在檐头的藤椅上。

妻携了篮进来。

"爸爸,豌豆好吃了。"阿满跟在后面叫着说。手里捻着许多小柳枝。

"哪,这样大了。"妻揭起篮面的桑叶,篮底平平地叠着扁阔深绿的豆荚。

"啊，这样快！快去煮起来，停会好下酒。"他点着头。

黄昏近了，他独自缓饮着酒，桌上摆着一大盘的豌豆，阿吉、阿满也伏在桌上抢着吃。妻从房中取出蚕筐来，把剪好的桑叶铺撒在灰色蠕动的蚕上，二女孩几乎要把头放入筐里去，妻擎起筐来逼近窗口去看。一手抑住她们的攀扯。

"就可三眠了。"妻说着，把蚕筐仍拿入房中去。

他一边吃着豌豆，一边望着蚕筐，在微醺中又猛触到景物变迁的迅速，和自己生活的颓唐来。

"唉！"不觉泄出叹声。

"怎么了？"妻愕然地从房中出来问。

"没有什么。"

室中已渐昏黑，妻点起了灯，女仆搬出饭来。油炸笋、拌莴苣、炒鸡蛋，都是他近来所自名为山家清供而妻所经意烹调的。他眼看着窗外的暝色，一杯一杯地只管继续饮，等妻女都饭毕了，才放下酒杯，胡乱地吃了小半碗饭，含了牙签，踱出门外去，在湖边小立，等暗到什么都看不见了，才回入门来。

吃饭间中灯光亮亮的，妻在继续缝衣服，女仆坐在对面用破布叠鞋底，一边和妻谈着什么。阿吉在桌上布片的空隙处摊了《小朋友》看着，阿满把她半个小身子伏在桌上指着书中的猫或狗强要母亲看。一灯之下，情趣融然。

他坐下壁隅的藤椅子去，燃起卷烟，只沉默了对着这融然的光景。昨日在屋后山上采来的红杜鹃，已在壁间花插上怒放，屋外时送入低而疏的蛙声。一切都使他感觉到春的烂熟，他觉得自己的全身心，已沉浸在这气氛中，陶醉得无法自拔了。

"为什么总是这样懒懒的！"他不觉这样自语。

"今夜还做文章吗？春天夜是熬不得的。为什么日里不做些！日里不是睡觉，就是荡来荡去，换字画，换花盆，弄得忙煞，夜里每夜弄到一两点钟。"妻举起头来停了针线说。

"夜里静些啰。"

"要做也不在乎静不静，白马湖真是最静也没有了。从前在杭州时，地方比这里不知要嘈杂得多少，不是也要做吗？无论什么生活，要坐牢了才做得出。我这几天为了几条蚕的缘故，采叶呀，什么呀，人坐不牢，别的生活就做不出，阿满这件衣服，本来早就该做好了的，你看！到今天还未完工呢。"

妻的话，这时在他，真比什么"心能转境"等类的宗门警语还要痛切。觉得无可反对，只好逃避了说：

"日里不做夜里做，不是一样的吗？"

"昨夜做了多少呢？我半夜醒来还听见你在天井里踱来踱去，口里念念着什么'明日自有明日'哩。"

"不是吗？我也听见的。"女仆羼入。

"昨夜月色实在太好了，在书房里坐不牢。等到后半夜上云了，人也倦了，一点都不曾做啊。"他不禁苦笑了。

"你看!那岂不是与灯油有仇?前个月才买来一箱火油,又快完了。去年你在教书的时候,一箱可点三个多月呢。——赵妈,不是吗?"妻说时向着女仆,似乎要叫她作证明。

"火油用完了,横竖先生会买来的。怕什么?嗄,满姑娘!"女仆拍着阿满笑说。

"洋油也是爸爸买来的,米也是爸爸买来的。阿吉的《小朋友》也是爸爸买来的,屋里的东西,都是爸爸买来的。"阿满把快要睡去的眼张开了说。

女仆的笑谈,阿满的天真烂漫的稚气,引起了他生活上的忧虑,妻不知为了什么,也默然了,只是俯了头动着针子,一时沉默支配着一室。

三个月来的经过,很迅速地在他心上舒展开了:三个月前,他弃了多年厌倦的教师生涯,决心凭了仅仅够支持半年的储蓄,回到白马湖家里来,把一向当做副业的笔墨工作,改为正业,从文字上去开拓自己的新天地。"每日创作若干字,翻译若干字,余下来的工夫便去玩山看水。"当时的计划,不但自己得意,朋友都艳羡,妻也赞成。三个月来,书斋是打叠得很停当了,房子是装饰得很妥帖了,有可爱的盆栽,有安适的几案,日日想执笔,刻刻想执笔,终于无所成就,虽着手过若干短篇,自己也不满足,都是半途辍笔,或愤愤地撕碎了投入纸篓里。所有的时间,都消磨在风景的留恋上。在他,朝日果然好看,夕阳也好看，新月是妩媚，满月是清澈，风来不禁倾耳到屋后的松籁，雨霁不禁放眼到墙外的山光，一切的一切，都把他牢牢地捉住了。

想享乐自然，结果做了自然的奴隶，想做湖上诗人，结果做了湖上懒人，这也是他当初万不料及，而近来深深地感到的苦闷。

"难道就这样过去吗？"他近来常常这样自讼。无论在小饮时，散步时，看山时。

壁间时钟打九时。

"哎呀！已九点钟了。时候过去真快！"妻拍醒伏了睡熟在膝前的阿满，把工作收拾了吩咐女仆和阿吉去睡。

他懒懒地从藤椅子上立起身来，走向书斋去。

"不做吗，早睡啰！"妻从背后叮嘱。

"呃。"他回答，"今夜是一定要做些的了，难道就这样过去吗？从今夜起！"又暗自坚决了心。

立时，他觉得全身就紧凑了起来，把自己从方才懒洋洋的气氛中拉出了，感到一种胜利的愉快。进了书斋门，急急地摸着火柴把洋灯点起，从抽屉里取出一篇近来每日想做而终于未完工的短篇稿来，吸着烟，执着自来水笔，沉思了一会，才添写了几行，就觉得笔滞，不禁放下笔来举目凝视到对面壁间的一幅画上去。那是朽道人十年前为他作的山水小景，画着一间

二八

小屋，屋前有梧桐几株，一个古装人儿在树下背负了手看月。题句是，"明日事自有明日，且莫负此梧桐月色也"。他平日很爱这画，一星期前，他因看月引起了情趣，才将这画寻出，把别的画换了，挂在这里的。他见了这画，自己就觉得离尘脱俗，做了画中人了。昨夜妻在睡梦中听到他念的，就是这画上的题句。

他吸着烟，向画幅悠然了一会，几乎又要踱出书斋去。因了方才的决心，总算勉强把这诱惑抑住。同时，猛忆到某友人"清风明月不用一钱买，但是也不能抵一钱用"的话。不觉对于这素所心爱的画幅，感到一种不快。

他立起身把这幅画除去。一时壁间空洞洞地，一室之内，顿失了布置上的均衡。

"东西是非挂些不可的，最好是挂些可以刺激我的东西。"

他这样自语了，就自己所藏的书画中，想来想去，忽然想到他的畏友弘一和尚的"勇猛精进"四字的小额来。

"好，这个好！挂在这里，大小也相配。"

他携了灯从画箱里费了许多工夫把这小额寻出，恐怕家里人惊醒，轻轻地钉在壁上。

"勇猛精进！"他坐下椅子去默念着看了一会，复取了一张空白稿子，大书"勤靡余暇心有常闲"八字，用图画钉钉在横幅之下。这是他在午睡前在《陶集》中看到的句子。

"是的,要勤靡余暇,才能心有常闲。我现在是安逸而心忙乱啊!"他大彻大悟似的默想。

一切安顿完毕,提出笔来正想重把稿子续下,未曾写到一张,就听到外面时钟叮地敲一点。他不觉放下了笔,提起了两臂,张大了口,对着"勇猛精进"的小额和"勤靡余暇心有常闲"八字,打起呵欠来。

携了灯回到卧室去,才出书斋,见半庭都是淡黄的月色,花木的影映在墙上,轮廓分明地微微摇动着,他信步跨出庭间,方才画上的题句,不觉又上了他的口头:

"明日事自有明日,且莫负此梧桐月色也!"

——《一般》第一卷第一号

命相家

我因事至南京，住在××饭店。二楼楼梯旁某号房间里，住着一位命相家。房门是照例关着的，这位命相家叫什么名字，房门上挂着的那块玻璃框子的招牌上写着什么，我虽在出去回来的时候，必须经过那门前，却毫未曾加以注意。

有一天傍晚，我从外边回来，刚走完楼梯，见有一个着洋服的青年方从命相家房中走出，房门半开，命相家立在门内点头相送道"再会！"

那声音很耳熟，急把脚立住了看那命相家，不料就是十年前的同事刘子岐。

"呀子岐！"我不禁叫了出来。

"呀！久违了。你也住在这里吗？"他吃了一惊，把门开大了让我进去。我重新去看门口的招牌，见上面写着"青田刘知机星命谈相"等等的文字。

"哦！刘子岐一变而为刘知机。十年不见，不料得了道了，究竟是怎么一回事？"我急问。

"说来话长。要吃饭，没有法子。

三

你仍在写东西吗？教师是也好久不做了吧。真难得，会在这里碰到。不瞒你说，我吃这碗饭已有七八年了，自从那年和你一同离开××中学以后，就漂泊了好几处地方，这里一学期，那里一学期，不得安定，也曾挂了斜皮带革过命，可是终于生活不过去。你知道，我原是一只三脚猫，以后就以卖卜混饭了。最初在上海挂牌，住了四五年，前年才到南京来。"

"在上海住过四五年？为什么我一向不曾碰到你，上海的朋友之中，也没有人谈及呢？"我问。

"我改了名字，大家当然无从知道了。朋友们又是一向都不信命相的，我吃了这口江湖饭，也无颜去找他们，如果今天你不碰巧看到我，你会知道刘知机就是我吗？"

我有许多事情想问，不知从何说起。忽然门开了，进来的是两位顾客。一个是戴呢帽穿长袍的，一个是着中山装的，年纪都未满三十岁。刘子岐——刘知机丢开了我，满面春风地立起身来迎上前去，俨然是十足的江湖派。我不便再坐，就把房间号数告诉了他，约他畅谈。回到了自己的房间里。

十年前的中学教师，居然会卖卜？顾客居然不少，而且大都是青年知识阶级中人？感慨与疑问乱云似的在我胸中纷纷叠起。等了许久，刘知机老是不来，叫茶房去问，回说房中尚有好几个顾客，空了就来。

"对不起！一直到此刻才空。"刘知机来已是黄昏时候了，

三一

"难得碰面,大家出去叙叙。"

在秦淮河畔某酒家中觅了一个僻静的座位。大家把酒畅谈。

"生意似很不错呢。"我打趣他说。

"呃,当几天是特别的。第一种原因,听说有几个部长要更动了,部长一更动,人员也当然肯变动。你看,××饭店不是客人很挤吗?第二种原因,暑假快到了,各大学的毕业生都要谋出路,所以我们的生意特别好。"

"命相学当真可凭吗?"

"当然不能说一定可凭。不过在现今样的社会上,命相之说,尚不能说全不足信。你想,一个机关中,当科长的,能力是否一定胜过科员?当次长的,能力是否一定不如部长?举一例说,我们从前的朋友之中,李××已成了主席了。王××学历人品,平心而论,远过于他,革命的功绩,也不比他差,可是至今还不过一个××部的秘书。还有,一班毕业生数十人之中,有的成绩并不出色,倒有出路,有的成绩很好,却无人过问。这种情形除了命相以外,该用什么方法去说明呢?有人说,现今吃饭全靠八行书。这在我们命相学上就叫'遇贵人'。又有人挖苦现在贵人们的亲亲相阿,说是生殖器的联系。这简直是穷通由于先天,证明'命'的的确确是有的了。"刘知机玩世不恭地说。

"这样说来,你们的职业实实在在有着社会的基础的。

三

哈哈。"

"到了总理的考试制度真正实行了以后，命相也许不能再成为职业，至于现在是，有需要，有供给，仍是堂堂皇皇的吃饭职业。命相家的身份决不比教师低下，我预备把这碗江湖饭吃下去哩。"

"你的营业项目有几种？"

"命相，风水，合婚择日，什么都干。风水与合婚择日，近来已不行了。风水的目的是想使福泽及于子孙。现今一般人的心理，顾自身，顾目前，都来不及，哪有余闲顾到几十年几百年后的事呢？至于合婚择日，生意也清。摩登青年男女间盛行恋爱同居，婚也不必'合'，日也无须'择'了。只有命相两项，现在仍有生意。因为大家都在急迫地要求出路，寻机会，出路与机会的条件，不一定是资格与能力，实际全靠碰运气。任凭大家口口声声喊'打破迷信'，到了无聊至极的时候，也会瞒了人花几块钱来请教我们。在上海，顾客大半是商人，他们所问的是财气。在南京，顾客大半是'同志'与学校的毕业生，他们所问的是官运。老实说，都无非为了要吃饭。惟其大家要想吃饭，我们也就有饭可吃了。哈哈……"刘知机滔滔地说，酒已半醺了，自负之外又带感慨。

"你对于这些可怜的顾客，怎样对付他们？有什么有益的指导呢？"

三四

"还不是靠些江湖上的老调来敷衍！我只是依照古书，书上怎么说，就怎么说。准不准连我自己也不知道。好在顾客也并不打紧，他们到我这里来，等于出钱去买香槟票，着了高兴。不着也不至于跳河上吊的。我对他说'就快交运'，'向西北方走'，'将来官至部长'，是给他一种希望。人没有希望，活着很是苦痛，现社会到处使人绝望，要找希望，恐怕只有到我们这里来，花一两块钱来买一个希望，虽然不一定准确可靠，究竟比没有希望好。在这一点上，我们命相家敢自任为救苦救难的希望之神。至少在像现在的中国社会可以这样说。"话愈说愈痛切，神情也愈激昂了。

他的话既诙谐又刺激，我听了只是和他相对苦笑，对了这别有怀抱的伤心人，不知再提出什么话题好？彼此都已有八九分醉意了。

——《文学》第一卷第一号

灶君与财神

"呀！你不是灶君吗？"

"对了。好面善！你是哪一位尊神？"

"我是财神哪！你怎么不认识我了？"

"呀！难得在半天里相会。你一向是手执元宝的，现在怎么背起枪来了？那手里拿着的一大卷，又是什么？"

"因为武财神近日忙于军事，所以由我暂时兼代。你知道我们工作上虽分文武，职务都是掌司钱财，原是一而二，二而一的。于是我就成了'有枪阶级'了。手执元宝，那是一直从前的事。近来我老是手执钞票和公债证券。你从下界来，难道还不知道废两改元已实行长久，市上早无元宝，银行钞票的准备金大多数就是公债证券吗？"

"哦！原来如此，因为我终日终年在人家厨房里过活，不大明白财界的情形。如果你不说明，我几乎不认识你了。"

"你的样子，也与前大不相同了哩！怎么这样瘦了？你日日在厨房里受人供养，难道还会营养不良吗？"

三六

"我一向就不像你的大腹便便,近来真倒霉,自己也知道更瘦得可怜了。连年天灾人祸,农村破产已到极限。人民有了早饭没有夜饭,结果都向都市跑,去过那亭子间及阁楼的日子。这真叫'倒灶'!灶是简直没有了,眠床,便桶旁摆一个洋油炉或者煤球炉就算是烹调的场所。有的连洋油炉煤球炉都不备,日日咬大饼油条过活。你想,这情形多难堪!回想从前乡村隆盛时的景象,真令人不胜今昔之感,我的瘦是应该的。可是也幸而瘦,如果胖得像你一样,怎么能局促地蹲在洋油炉煤球炉旁去行使职务啊!"

"你的境遇,说来很是同情。可曾把下界的苦况,向天堂去告诉过了吗?"

"怎么不告诉?每年的今日,我都有一次定期的总报告。你看,我现在正背着一大包的册子,这里面全是下界的实况。可是,天堂的情形,近来也似乎有些异样了,什么都作不来主。我虽然每年忠实地把民间疾苦人心善恶报告上去,天堂总是马马虎虎,推三阻四地打官话。有时说:'这是洋鬼子在作怪,须行文去和耶稣交涉。'有时说:'交财神核办。'耶稣那里的回音如何,不知道。交你核办的案子,结果怎么样?今天恰好碰着你,就乘便请问。"

"也曾有案子移下来过。因为我实在无法办,至今还是搁着不动。记得有一次交下一个'善人是富'的指令,还附着一大批善人的名单——据说是以你的报告为根据的——要我负责使他们富起来。这实在令我束手，这种老口号和现在的实际情形根本已不相符合，天堂自身都穷，有什么钱可送这许多善人？这许多善人们自己又不会谋官做，干公债投机，买航空奖券，叫我有什么方法帮助他们呢？"

"去年今日，我还上过一个提高谷价的提案，天堂没有发给你吗？"

"记得似乎有过这么一回事，详细记不清楚了。这也不关我事。我从前管领的是元宝现在管领的是钞票和公债证券。目前是金融资本跋扈的时代，田地不值钱，货物不值钱，下界最享福的就是那些金融资本家。金融资本是流动的，今天在甲的手里，明天就可流入乙的手里。这笔流水账已把我忙煞了。像谷物价目一类的事怎么还能兼顾呢？况且这事难得讨好，谷价贱了固然大家叫苦，从前米卖二十块钱一石的那几年，不是也曾叫过苦吗？"

"近来农村里差不多分分人家都快倒灶了。你没有救济的方法吗？提高谷价的路既然走不通，那么借外债来恢复农村，如何？"

"我何尝不这么想！也曾和地狱里商量过，可是不行。"

"为什么要和地狱商量呢？地狱里拿得出钱吗？"

"耶稣曾说过，'富人入天国，比骆驼穿针孔还难'。富人照例是不能进天堂的,都住在地狱里。所以地狱成了天下最富的地方。我曾和地狱当局者作过好几次谈判,终于因为他们的条件太苛刻了,事情没有成功。当此盛唱'打倒不平等条约'的当儿,谁愿接受那种屈辱的条件啊?"

"复兴农村的口号,近来不是唱得很响吗?你有机会时也得常到农村里去看看实际的状况,看有什么具体的救济策没有?"

"近来,我在都市里执行职务的时候多,不大到农村里去。农村衰疲的消息,虽曾听到,终于没有工夫去考察。其实,倒灶的何尝只是农村!都市里也大大地不景气哩!你知道,我是管领钱财的,农村愈破坏,钱财愈集中到都市来,我在都市的事务也就更多。公债涨停板或跌停板了,我要到。航空奖券开奖了,我要到。哪里还顾得到农村?你是每年板定今天上来的,我下去的日子,每年向来是正月初五。可是近来时常要作不定期的奔波,这次的下去,就因为有许多临时的事务的缘故。"

"正月初五仍须再下去吧?"

"也许事务多,一直要在下界住到那时候,如果事务完毕了就上来。初五下去不下去,只好再看。现在什么都是双包案似的弄不清楚,连正月初五也有两个了。多麻烦。下界人们真该死,他们还在一相情愿,把肉咧鱼咧、蚶子咧、橄榄咧,唤作元宝,要想用了这些假元宝来骗我手里的真元宝呢。——其实我的手里早已没有元宝了,哈哈。"

"他们这样待遇你,比待遇我不知要好几倍。我愈弄愈倒灶,你是现代的红角儿,这世界是你的。多威风啊!"

"哪里的话,我目前已苦于无法应付,并且前途大可悲观哩。下界嫌我处置得不均,正盛唱着什么'社会主义'。听说这种主义,世间已有一处地方在实行了。如果这种主义一旦在我们的下界实现起来,我的地位就将根本摇动,你是管领民食的,前途倒比我安全得多。无论在什么世界,饭总是非吃不可的啰!"

"未来的事,何必过虑!哎哟!我到天堂还有一半路程,误时了不好。再会吧。"

"我也有事呢!今日下午公债跌得停板了,明日又是航空奖券开奖之期啊。再会。"

——《文学》第二卷第一号

谈吃

说起新年的行事,第一件在我脑中浮起的是吃。回忆幼时一到冬季,就日日盼望过年,等到过年将届,就乐不可支。因为过年的时候,有种种乐趣,第一是吃的东西多。

中国人是全世界善吃的民族。普通人家,客人一到,男主人即上街办吃场,女主人即入厨罗酒浆,客人则坐在客堂里口嗑瓜子,耳听碗盏刀俎的声响,等候吃饭。吃完了饭,大事已毕。客人拔起步来说"叨扰",主人说"没有什么好待你",有的还要苦留:"吃了点心去"、"吃了夜饭去"。

遇到婚丧,庆吊只是虚文,果腹倒是实在。排场大的大吃七日五日,小的大吃三日一日。早饭,午饭,点心,夜饭,夜点心,吃了一顿又一顿,吃得来不亦乐乎,真是酒可为池,肉可成林。

过年了,轮流吃年饭,送食物。新年了,彼此拜来拜去,请吃局。端午要吃,中秋要吃,生日要吃,朋友相会要吃,相别要吃。只要取得出名词，就非吃不可，而且一吃就了事，此外不必别有什么。

小孩子于三顿饭以外，每日好几次地向母亲讨铜板，买食吃。普通学生最大的消费，不是学费，不是书籍费，乃是吃的用途。成人对于父母的孝敬，重要的就是奉甘旨。中馈自古占着女子教育上的主要部分。"食不厌精，脍不厌细"，"沽酒，市脯"，"割不正"，圣人不吃。梨子蒸得味道不好，贤人就可以出妻。家里的老婆如果弄得出好菜，就可以骄人。古来许多名士至于费尽苦心，别出心裁，考案出好几部特别的食谱来。

不但活着要吃，死了仍要吃。他民族的鬼，只要香花就满足了，而中国的鬼，仍依旧非吃不可。死后的饭碗，也和活时的同样重要，或者还更重要。普通人为了死后的所谓"血食"，不辞广蓄姬妾，预置良田。道学家为了死后的冷猪肉，不辞假仁假义，拘束一世。朱竹垞宁不吃冷猪肉，不肯从其诗集中删去《风怀二百韵》的艳诗，至今犹传为难得的美谈，足见冷猪肉牺牲不掉的人之多了。

不但人要吃，鬼要吃，神也要吃，甚至连没嘴巴的山川也要吃，天地也要吃。有的但吃猪头，有的要吃全猪，有的是专吃羊的，有的是专吃牛的，各有各的胃口，各有各的嗜好，古典中大都详有规定，一查就可知道。较之于他民族的对神只作礼拜，他民族的神，远是唯心，中国的神，远是唯物。

梅村的诗道："十家三酒店。"街市里最多的是食物铺。俗语说，"开门七件事"，家庭中最麻烦的不是教育或是什么，乃是料理食物。学校里最难处置的不是程度如何提高，教授如何改进，乃是饭厅风潮。

俗语说得好，只有"两脚的爷娘不吃，四脚的眠床不吃"。中国人吃的范围之广，真可使他国人为之吃惊。中国人于世界普通的食物之外，还吃着他国人所不吃的珍馐：吃西瓜的实，吃鲨鱼的鳍，吃燕子的窠，吃狗，吃乌龟，吃蛇，吃狸猫，吃癞蛤蟆，吃癞头鼋，吃小老鼠。有的或竟至吃到小孩的胞衣以及直接从人身上取得的东西。如果能够，怕连天上的月亮也要挖下来尝尝哩。

至于吃的方法，更是五花八门，有烤，有炖，有蒸，有卤，有炸，有烩，有熏，有醉，有炙，有溜，有炒，有拌，真真一言难尽。古来尽有许多做菜的名厨司，其名字都和名卿相一样煊赫地留在青史上。不，他们之中有的并升到高位，老老实实就是名卿相。如果中国有一件事可以向世界自豪，那么这并不是历史之久，土地之大，人口之众，军队之多，战争之频繁，乃是善吃的一事。中国的肴菜，已征服了全世界了。有人说，中国人有三把刀为世界所不及，第一把就是厨刀。

不见到喜庆人家挂着的福禄寿三星图吗？福禄寿是中国民族生活上的理想。画上的排列是禄居中央，右是福，寿居左。

禄也者，拆穿了说，就是吃的东西。老子也曾说过："虚其心实其腹"，"圣人为腹不为目"。吃最要紧，其他可以不问。"嫖赌吃着"之中，普通人皆认吃最实惠。所谓"着威风，吃受用，赌对冲，嫖全空"，什么都假，只有吃在肚里是真的。

吃的重要，更可于国人所用的言语上证之。在中国，吃字的意义特别复杂，什么都会带了"吃"字来说，被人欺负曰"吃亏"，打巴掌曰"吃耳光"，希求非分曰"想吃天鹅肉"，诉讼曰"吃官司"，中枪弹曰"吃卫生丸"，此外还有什么"吃生活"、"吃排头"等等。相见的寒暄，他民族说"早安"、"午安"、"晚安"，而中国人则说"吃了早饭没有？""吃了中饭没有？""吃了夜饭没有？"对于职业，普通也用吃字来表示，营什么职业就叫做吃什么饭。"吃赌饭"、"吃堂子饭"、"吃洋行饭"、"吃教书饭"，诸如此类，不必说了。甚至对于应以信仰为本的宗教者，应以保卫国家为职志的军士，也都加吃字于上。在中国，教徒不称信者，叫做"吃天主教的"、"吃耶稣的"，从军的不称军人，叫做"吃粮的"，最近还增加了什么"吃党饭"、"吃三民主义"的许多新名词。

衣食住行为生活四要素，人类原不能不吃。但吃字的意义如此复杂，吃的要求如此露骨，吃的方法如此麻烦，吃的范围如此广泛，好像除了吃以外就无别事也者，求之于全世界，这怕只有中国民族如此的了。

在中国，衣不妨污浊，居室不妨简陋，道路不妨泥泞，而独在吃上，却分毫不能马虎。衣食住行的四事之中，食的程度，远高于其余一切，很不调和。中国民族的文化，可以说是口的文化。

佛家说六道轮回，把众生分为天，人，修罗，畜生，地狱，饿鬼六道。如果我们相信这话，那么中国民族是否都从饿鬼道投胎而来，真是一个疑问。

——《中学生》第一号

幽默的叫卖声

住在都市里,从早到晚,从晚到早,不知要听到多少种类多少次数的叫卖声。深巷的卖花声是曾经入过诗的,当然富于诗趣,可惜我们现在实际上已不大听到。寒夜的"茶叶蛋""细砂粽子""莲心粥"等等,声音发沙,十之七八似乎是"老枪"的喉咙,困在床上听去,颇有些凄清。每种叫卖声,差不多都有着特殊的情调。

我在这许多叫卖者中发现了两种幽默家。

一种是卖臭豆腐干的。每日下午五六点钟,弄堂口常有臭豆腐干担歇着或是走着叫卖,担子的一头是油锅,油锅里现炸着臭豆腐干,气味臭得难闻,卖的人大叫"臭豆腐干!""臭豆腐干!"态度自若。

我以为这很有意思。"说真方,卖假药","挂羊头,卖狗肉",是世间一般的毛病,以香相号召的东西,实际往往是臭的。卖臭豆腐干的居然不欺骗大众,自叫"臭豆腐干",把"臭"作为口号标语,实际的货色真是臭的。如此言行一致,名副其实,不欺骗别人的事情,恐怕世间再也找不出了吧,我想。

"臭豆腐干!"这呼声在欺诈横行的现世,俨然是一种愤世嫉俗的激越的讽刺!

还有一种是五云日升楼卖报者的叫卖声。那里的卖报的和别处不同,没有十多岁的孩子,都是些三四十岁的老枪瘪三,身子瘦得像腊鸭,深深的乱头发,青屑屑的烟脸,看去活像是个鬼,早晨是不看见他们的,他们卖的总是夜报,傍晚坐电车打那儿经过,就会听到一片的发沙的卖报声。

他们所卖的似乎都是两个铜板的东西(如《新夜报》《时报号外》之类)叫卖的方法很特别,他们不叫"刚刚出版××报",却把价目和重要新闻标题连在一起,叫起来的时候,老是用"两个铜板"打头,下面接着"要看到"三个字,再下去是当日的重要的国家大事的题目,再下去是一个"哪"字。两个铜板要看到十九路军反抗中央哪!"在福建事变起来的时候,他们就这样叫。"两个铜板要看到剿匪哪!"在剿匪消息胜利的时候,他们就这样叫。"两个铜板要看到日本副领事在南京失踪哪!"藏本事件开始的时候,他们就这样叫。

在他们的叫声里任何国家大事都只要花两个铜板就可以看到,似乎任何国家大事都只值两个铜板的样子。我每次听到,总深深地感到冷酷的滑稽情味。

"臭豆腐干！""两个铜板要看到××××哪！"这两种叫卖者颇有幽默家的风格。前者似乎富于热情，像个矫世的君子，后者似乎鄙夷一切，像个玩世的隐士。

——《太白》第二卷第一期

一种默契

走到街上去,差不多每一条马路上可以见到"关店在即拍卖底货"的商店,这些商店之中,有的果然不久就关门了,有的老是不关门,隔几个月去看,玻璃窗上还是贴着"关店在即拍卖底货"的红纸,无线电收音机在嘈杂地响。

商店号召顾客的策略,向来是用"开幕""几周年纪念""春季""秋季"或"冬至"等的美名来做廉价的借口的,现在居然用"关店"的恶名来做幌子了。有的竟异想天开,并不关店,也假冒着关店的恶名。最近在报上看见一家皮货铺的"关店大贱卖"的大幅广告,后面还附登着某律师代表该皮货铺清算的启事。这大概因为恐怕别人不信他们的关店是真正的关店,所以再附一个律师代表清算的广告,表明他们真是要关店了,并不假冒。

在上海,关店的话寻常叫做"打烊"。如果你对某商店的人问:"你们晚上几点钟关店门?"那店里的人就会怪你不识相,说不定会给你吃一记耳光。凡是老上海,都懂得这规矩,不说"你们晚上几点钟关店门?"改说"你们晚上几点钟打烊"。因为"关店"是不吉利的话。这一向讨人厌恶的"关店",现在居然时髦起来了,关店的坦白地自己声明"关店",不关店的也要借了"关店"来号召,甚至还有怕别人不肯相信,在"关店"广告上叫律师来代表清算,证明关店的实。商业上一向怕提的"关店"一语,到今日差不多已和废历除夕所贴的"关门大吉"一样,是吉祥的用语了。这一个月来,我们日日可以在报上看到关店的广告,有银行,有钱庄,有公司,有各式各样的店。他们所说的话,千篇一律的是"本店受市面不景气影响,以致周转不灵⋯⋯"的一套,说的人态度很坦然,毫不难为情,我们看的人也认为很寻常,觉得并无什么不该。似乎彼此之间,已自然而然地发生了一种的默契了。

这默契如果伸说起来,范围实在可以扩充得很广。大学生毕业了没事做,社会上认为当然,本人也不觉得有什么可怪。工人商人突然失业了,亲友爱莫能助,本人也觉得无可如何,只好挨了饿来忍耐。房租好几个月付不出,住户及邻居都认为常事,房东虽不快,近来也只能迁就,到了公堂上,法官因市面不好,也竟无法作严厉的判断。穷困,走投无路,已成为现世的实况,彼此因了境况相似和事实明显,成就了一种默契。从来的道德、习惯等等,在这默契之下,恐将不能再维持它的本来面目了。

　　再过几时,也许"穷""苦"等可憎的话会转成时髦漂亮的称谓呢。

——《太白》第一卷第一期

闻歌有感

"一来忙,开出窗门亮汪汪;二来忙,梳头洗面落厨房;三来忙,年老公婆送茶汤;四来忙,打扮孩儿进书房;五来忙,丈夫出门要衣裳;六来忙,女儿出嫁要嫁妆;七来忙,讨个媳妇成成双;八来忙,外孙剃头要衣装;九来忙,捻了数珠进庵堂;十来忙,一双空手见阎王。"

十一岁的阿吉和六岁的阿满又在唱这俗谣了。阿满有时弄错了顺序,阿吉给她订正。妻坐在旁边也陪着她们唱。一边拍着阿满,诱她睡熟。

这俗谣是我近来在她们口上时常听到的,每次听到,每次惆怅,特别在那夏夜的月下,我的惆怅更甚。据说,把这俗谣输入到我家来的,是前年一个老寡妇的女佣。那女佣从何处听来,是不得而知了。

几年前,我读了莫泊桑的《一生》,对女主人公一生的经过,感到不可言说的女性的世界苦。好好的一个女子,从嫁人，生子，一步一步地陷入到"死"的口里去。因了时势和国土，其内容也许有若干的不同，但总逃不出那自然替她们预先设好了平板的铸型一步。怪不得贾宝玉在姐妹嫁人的时候要哭了！

《一生》现在早已不读，并且连书也已散失不在手头了，可是那女性的世界苦的印象，仍深深地潜存在我心里，每于见到将结婚或是结婚了的女子，将有儿女或是已有儿女的女子，总不觉要部分地复活。特别的每次听到这俗谣的时候，竟要全体复活起来，这俗谣竟是中国女性的"一生！"是中国女性"一生"的铸型！

我的祖母，我的母亲，已和一般女性一样都规规矩矩地忙了一生，经过了这些平板的阶段，陷到死的口里去了！我的妹子，只忙了前几段，以二十七岁的年纪，从第五段一直跳过到第十段，见阎王去了！我的妻正在一段一段地向这方向走着！再过几年，眼见得现在唱这歌的阿吉和阿满也要钻入这铸型去！

记得，有一次，我那气概不可一世的从妹对我大发挥其毕生志愿时，我冷笑了说：

"别做梦吧！你们反正是要替孩子抹尿屎的！"

从妹那时对于我的愤怒，至今还记得。后来她结婚了，再后来，她生子了，眼见她一步一步地踏上这阶段去！什么"经济独立""出洋求学"等等,在现在的她,也已如春梦浮云,一过便无痕迹。我每见了她那种憔悴的面容,及管家婆的像煞有介事的神情,几乎要忍不住下泪,可是她却反不觉什么。原来"家"的铁笼,已把她的野性驯服了!

易卜生在《海得加勃勒》中,借了海得的身子,曾表示过反对这桎梏的精神。苏特曼在《故乡》中也曾借了玛格娜的一生,描写过不甘被这铁笼所牢缚的野性。无论世间难得有这许多的海得、玛格娜样的新妇女,即使个个都是,结果只是造成了第三性的女子,在社会看来也是一种悲剧。国内近来已有了不少不甘为人妻的"老密斯",和不愿为人母的新式夫人。女性的第三性化,似已在中国的上流社会流行开始了!如果给托尔斯泰或爱伦凯女史见了,不知将怎样叹息啊!

贤妻良母主义虽为世间一部分所诟病,但女性是免不掉为妻与为母的。说女性于为妻与为母以外还有为人的事则可以,说女性既为了人就无须为妻为母,决不成话。既须为妻为母,就有贤与良的理想的要求,所不同的只是贤与良的内容解释罢了。可是无论把贤与良的内容怎样解释,总免不掉是一个重大的牺牲,逃不出一个"忙"字!

自然所加给女性的担负,真是严酷,《创世记》中上帝对于第一对男女亚当、夏娃的罚,似乎待女性的比待男性的苛了许多。难道真是因为女性先受了蛇的诱惑的缘故吗?抑是女性真由男性的肋骨造成，根本上地位价值不及男性？

中馈，缝纫，奉夫，哺乳，教养……忙煞了不知多少的女性。在个人自觉不发达的旧式女性，一向沉没在自然的盲目的性意识里，千辛万苦，大半于无意识中经过着，比较地不成问题。所最成问题的是个人自觉已经发展的新女性。个人主义已在新女性的心里占着势力了，而性的生活及其结果，在性质上与个人主义却绝对矛盾。这性与个人主义的冲突，就是构成女性世界苦的本质。故愈是个人自觉发达的新女性，其在命运上所感到的苦痛也应愈强。国内现状沉滞麻木如此，离所谓"儿童公育"、"母性拥护"等种种梦想的设施，还是很远很远，无论在口上笔上说得如何好听，女性在事实上还逃不掉家庭的牢狱。今后觉醒的女性，在这条满是铁蒺藜的长路上，将怎样去挣扎啊！

叫新女性把个人的自觉抑没了来学那旧式女性的盲目的生活，减却自己苦痛吗？社会上大部分的人们，也许都在这样想。什么"女子教育应以实用为主"，什么"新式女子不及旧式女子的能操家政"等种种的呼声，都是这思想的表示。但我们断不能赞成此说，旧式女性因少个人的自觉，千辛万苦，都于无意识中经过，所感到的苦痛，不及新女性的强烈，这种生活，自然是自然的，可是与普通的生活有何两样！如果旧式女性的生活可以赞美，那么动物的生活该更可赞美了。况且旧式女性也未始不感到苦痛，这俗谣中所谓"忙"，不都是以旧式女性为立场的吗？

　　一切问题不在事实上，而在对于事实的解释上，女性的要为妻为母是事实，这事实所给予女性的特别麻烦，因了知识的进步及社会的改良，自然可除去若干，但断不能除去净尽。不因了人类欲望的增加，也许还要在别方面增加现在所没有的麻烦。说将来的女性可以无苦地为妻为母，究是梦想。

　　我不但不希望新女性把个人的自觉抑没，宁希望新女性把这才萌芽的个人的自觉发展强烈起来，认为为妻为母是自己的事，把家庭的经营，儿女的养育，当做实现自己的材料，一洗从来被动的屈辱的态度。为母固然是神圣的职务，为妻是为母的预备，也是神圣的职务，为母为妻的麻烦，不是奴隶的劳动，乃是自己实现的手段，应该自己觉得光荣优越的。

　　"我有男子所不能做的养小孩的本领！"

　　这是斯德林堡某作中女主人公反抗丈夫时所说的话。斯德林堡一般被称为女性憎恶者，但这句话，却足为女性吐气的，我们的新女性，应有这自觉的优越感才好。

　　苦乐不一定在外部的环境，自己内部的态度常占着大部分的势力。有花草癖的富翁，不但不以晨夕浇灌为苦，反以为乐，而在园丁却是苦役。这分别全由于自己的与非自己的上面，如果新女性不彻底自觉，认为为妻为母都不是为己，是替男子作嫁，那么即使社会改进到如何的地步，女性面前也只有苦，永无可乐的了。

心机一转，一切就会变样。《海上夫人》中爱丽妲因丈夫梵格尔许她自决去留，说："这样一来，一切事都变了样了！"就一变了从前的态度，留在梵格尔家里，死心塌地地做后妻，做继母。这段例话，通常认为自由恋爱的好结果，我却要引了作为心机一转的例。梵格尔在这以前，并非不爱爱丽妲，可是为妻为母的事，在爱丽妲的心里，总是非常黯淡。后来一转念间，就"一切都变了样了！"所谓"烦恼即菩提"，并不定是宗教上的玄谈啊！

妇女解放的声浪，在国内响了好几年了。但大半都是由男子主唱，且大半只是对于外部的制度上加以攻击。我以为真正妇女问题的解决，要靠妇女自己设法，好像劳动问题应由劳动者自己解决一样。而且单从外部的制度下攻击，不从妇女自己的态度上谋改变，总是不十分有效的。老实说：女性的敌，就在女性自身！如果女性珍视自己觉得自己的地位并不劣于男性，且重要于男性，为妻，产儿，养育，是神圣光荣的事务，不是奴隶的役使，自然会向国家社会要求承认自己的地位价值，一切问题，应早已不成问题了。惟其女性无自觉，把自己神圣的奉仕，认作屈辱的奴隶的勾当，才致陷入现在的堕落的地位。

有人说，女性现在的堕落，是男性多年来所驯致的。这话当然也不能反对。但我以为无论男性如何强暴，女性真自觉了，也就无法抗衡。但看娜拉啊！真有娜拉的自觉和决心，无论谁做了哈尔茂，亦无可奈何。娜拉在以前未能脱除傀儡衣装，并不是由于哈尔茂的压迫，乃是娜拉自身还缺少自觉和决心的缘故。"小松鼠""小鸟儿"等玩弄的称呼，在某一意义上，可以说是娜拉所甘心乐受，自己要求哈尔茂叫她的啊！

　　正在为妻为母和将为妻为母的女性啊！你们正"忙"着，或者快要"忙"了。你们在现在及较近的未来，要想不"忙"，是不可能的。你们既"忙"了，不要再因"忙"反屈辱了自己，要在这"忙"里发挥自己，实现自己，显出自己的优越，使国家、社会及你们对手的男性，在这"忙"里认识你们的价值，承认你们的地位！

——《新女性》第七号

对了米莱的『晚钟』
——关于妇女问题的一感想——

米莱的"晚钟"在西洋名画中是我所最爱好的一幅,十余年来常把它悬在座右,独坐时偶一举目,辄为神往。虽然所悬的只是复制的印刷品。

苍茫暮色中,田野尽处隐隐地耸着教会的钟楼,男女二人拱手俯首做祈祷状,面前摆着盛了薯的篮笼,锄镬及载着谷物袋的羊角车。令人想象到农家夫妇田作已完,随着教会的钟声正在晚祷了预备回去的光景。

我对于米莱的坚苦卓绝的人格与高妙的技巧,不消说原是崇拜的,尤其对于他那作品的多农民题材与画面的成剧的表现,万分佩服。但同是他的名作如"拾落穗",如"第一步"如"种葡萄者",等等在我虽也觉得好,不知是什么缘故,总不及"晚钟"会使我神往,能吸引我。

我常自己剖析我所以酷爱这画,这画所以能吸引我的理由,至最近才得了一个解释。

画的鉴赏法，原有种种阶段，高明的看布局、调子、笔法等等，俗人却往往执著于题材，譬如在中国画里，俗人所要的是题着"华封三祝"的竹子，或是题着"富贵图"的牡丹，而竹子与牡丹的画得好与不好，是不管的。内行人却就画论画，不计其内容是什么，竹子也好，芦苇也好，牡丹也好，秋海棠也好，只从笔法神韵等去讲究去鉴赏。米莱的"晚钟"，在笔法上当然是无可批评了的。例如画地是一件至难的事，这作中地的平远，是近代画中的典型，凡是能看画的都知道的。这作的技巧，可从各方面说，如布局色彩等。但我之所以酷爱这作者却不仅在技巧上，倒还是在其题材上。用题材来观画虽是俗人之事，我在这里却愿做俗人而不辞。

米莱把这画名曰"晚钟"，那么题材不消说是关于信仰了，所画的是耕作的男女，就暗示着劳动，又，这一对男女一望而知为协同的夫妇，故并暗示着恋爱。信仰，劳动，恋爱，米莱把这人间生活的三要素在这画中用了演剧的舞台面式展示着。我以为，我敢自承，我所以酷爱这画的理由在此。这三种要素的调和融合，是人生的理想，我的每次对了这画神往者，并非在憧憬于画，只是在憧憬于这理想。不是这画在吸引我，是这理想在吸引我。

信仰，劳动，恋爱，这三者融合一致的生活才是我们的理想生活。信仰的对象是宗教。关于宗教原也有许多想说的话。

可是宗教现在正在倒霉的当儿，有的主张以美学取而代之，有的主张直截了当地打倒。为避免麻烦计，姑且不去讲他，单就劳动与恋爱来谈谈吧。

劳动与恋爱的一致，是一切男女的理想，是两性间一切问题的归趋。特别地在现在的女性，是解除一切纠纷的锁钥。

"不劳动者不得食"，这虽是共产党的话，确是人间生活无可逃免的铁则；无论男女，女性地位的下降，实由于生活不能独立，普通的结婚生活，在女性都含有屈辱性与依赖性。在现今，这屈辱与依赖，与阶级的高下却成为反比例。因为下层阶级的妇女不像太太地可以安居坐食，结果除了做性交机器以外，虽然并不情愿，还须帮同丈夫操作，所以在家庭里的地位较上流或中流的妇女为高。我们到乡野去，随处都可见到合力操作的夫妇，而在都会街上除了在黎明和黄昏见到上工厂去的女工外，日中却触目但见着旗袍穿高跟皮鞋的太太们姨太太们或候补太太们与候补姨太太们！

不消说，下层妇女的结婚在现今也和上流中流阶级的妇女一样，大概不由于恋爱，是由于强迫或卖买的。不，下层妇女的结婚其为强迫的或卖买的，比之上流中流社会更来得露骨。她们虽帮同丈夫在田野或家庭操作，原未必就成米莱的画材。但我相信，如果她们一旦在恋爱上觉醒了，她们的恋爱生活，要比上流中流的妇女容易得多，基础牢固得多。不管上流中流的女性识得字，能读恋爱论，能谈恋爱，能讲社交。

但看娜拉吧，娜拉是近代妇女觉醒第一声的刺激，凡是新女子差不多都以娜拉自命着。但我们试看未觉醒以前的娜拉是怎样？她购买圣诞节的物品超过了预算，丈夫赫尔茂责她：

"这样浪费是不行的！"

"真真有限哩，不行？你不是立刻就可以有大收入了吗？"

"那要新年才开始，现在还未哩！"

"不要紧，到要时不是可以借的吗？"

"你真太不留意！如果今日借了一千法郎在圣诞节这几日中用尽了，到新年的第一日，屋顶跌下一块瓦来，落在我头上把我磕死了……"

"不要说这种吓死人的不祥语。"

"喏，万一真有了这样的事，那时怎样？"

赫尔茂这样诘问下去，娜拉也终于弄到悄然无言了。赫尔茂倒不忍起来，重新取出钱来讨她的好，于是娜拉也就在"我的小鸟"咧，"小栗鼠"咧的玩弄的爱呼声中，继续那平凡而安乐的家庭生活。这就是觉醒前的娜拉的正体。及觉醒了，出家了，剧也就此终结。娜拉出家以后的情形，是值得我们思索的。于是"娜拉仍回来吗？"终于成了有趣味的一个问题。鲁迅先生曾有过一篇《娜拉走后怎样》的文字。

觉醒后的娜拉，我们不知道其生活怎样，至于觉醒以前的娜拉,我们在上流中流的家庭中,在都会的街路上都可见到的。现在的上流中流阶级,本是消费的阶级,而上流中流阶级的女性,更是消费阶级中的消费者。她们喜虚荣,思享乐。她们未觉醒的,不消说正在做"小鸟"做"栗鼠",觉醒的呢,也和觉醒后的娜拉一样,向哪里走,还成为一个问题,还是一个费人猜度的谜。

上流中流阶级的女性,物质的地位无论怎样优越,其人格的地位实远逊于下层阶级的女性,而其生活亦实在惨淡。她们常被文学家摄入作品里作为文学的悲惨题材。《娜拉》不必说了,此外如莫泊桑的《一生》,如佛罗倍尔的《波华荔夫人》,如托尔斯泰的《安娜卡列尼娜》等都是。莫泊桑在《一生》所描写的是一个因了愚蠢兽欲的丈夫虚度了一生的女性,佛罗倍尔的《波华荔夫人》与托尔斯泰的《安娜卡列尼娜》,其女主人公都是因追逐不义的享乐的恋爱而陷入自杀的末路的。她们的自杀,不是壮烈的为情而死的自杀,只是一种惭愧的忏悔的做人不来了的自杀。前者固不能恋爱,后二者的恋爱,也不是有底力的光明可贵的恋爱。只是一种以官能的享乐为目的奸通而已。而她们都是安居于生活无忧的境遇里的女性。

在中国的历史上,有一对我所佩服的恋爱男女。就是司马相如与卓文君,我不佩服他们别的,佩服他们的能以贵族出身而开酒店,男的着犊鼻裈,女的当垆(虽然有人解释,他们的行为,是想骗女家的钱)。我相信,男女要有这样刻苦的决心,然后可谈恋爱,特别的在女性。女性要在恋爱上有自由,有保障,非用了劳动去换不可。未入恋爱未结婚的女性,因了有劳动能力,才可以排除种种生活上的荆棘踏入恋爱的途程,已有了恋爱对手的女性,也因了有劳动的能力,作现在或将来的保证。有了劳动自活的能力,然后对己可有真正恋爱不是卖淫的自信。

我所谓劳动者;并非定要像"晚钟"中的耕作或文君的当垆。凡是有益于社会的工作,不论是劳心的劳力的都可以。家政育儿当然也在其内。在这里所当连带考察的就是妇女职业问题了。

妇女的职业,其成为问题,实在机械工业勃兴家庭工业破坏以后。工业革命以来,下层阶级的农家妇女或可仍有工作,至于中流以上的妇女,除了从来的家庭杂务以外,已无可做的工作。家庭杂务原是少不来的工作,尤其是育儿,在女性应该自诩的神圣的工作,可是家庭琐务是不生产的,因此在经济上,女性在两性间的正当的分业不被男性所承认,女性仅被认为男性的附赘物,女性亦不得不以附赘物自居,积久遂在精神上养成了依赖的习性,在境遇上落到屈辱的地位。

要想从这种屈辱解放,近代思想家曾指出绝端相反的两条路:一是教女性直接去从事家事育儿以外的劳动,与男性作经济的对抗；一是教女性自信家事育儿的神圣，高唱母性，使男性及社会在经济以外承认女性的价值。主张前者的是纪尔曼夫人，主张后者的是托尔斯泰与爱伦凯。

这两条绝端相反的道路，教女性走哪一条呢？真理往往在两极端之中，能两者调和而不冲突，不消说是理想的了。近代职业有着破坏家庭的性质，无可讳言，但因了职业的种类与制度的改善，也未始不可补救于万一。妇女职业的范围，应该从种种方向扩大，而关于妇女职业的制度，尤须大大地改善。因为，职业的妨害母性，其故实由于职业不适于女性，并非女性不适于职业。现代的职业制度实在太坏，男性尚且有许多地方不能忍受，何况女性呢？现今文明各国已有分娩前后若干周的休工的法令和日间幼儿依托所等的设施了。甚望能以此为起点，逐渐改善。

在都市中每于清晨及黄昏见到成了群提了食筐上工厂去的职业妇女，我不禁要为之一蹙额，记起托尔斯泰的叹息过的话来。但见到那正午才梳洗下午出外搓麻将的太太或姨太太们，见到那向恋人请求补助学费的女学生们，或是见到那被丈夫遗弃了就走投无路的妇人们，更觉得愤慨，转暗暗地替职业妇女叫胜利，替职业妇女祝福了。

体力劳动也好，心力劳动也好，家事劳动也好，在与母性无冲突的家外劳动也好。"不劳动者不得食，"原是男女应该共守的原则，我对于女性，敢再妄补一句："不劳动者不得爱！"

美国女作家阿利符修拉伊娜在其所著的书里有这样的一章：

> 我曾见到一个睡着的女性，人生到了她的枕旁，两手各执着赠物。一手所执的是"爱"，一手所执的是"自由"。叫女性自择一种。她想了许多时候，选了"自由"，于是人生说："很好，你选了'自由'了。如果你说要取'爱'，那我就把'爱'给了你立刻走开永久不来了。可是，你却选了'自由'。所以我还要重来，到重来的时候，要把两种赠物一齐带给你哩！"我听见她在睡中笑。

要爱，须先获得自由。女性在奴隶的境遇之中，决无真爱可言。这原则原可从种种方面考察，不但物质的生活如此。女性要在物质的生活上脱去奴隶的境遇，获得自由，劳动实是唯一的手段。

爱与劳动的一致融合，真是希望的。男女都应以此为理想，这里只侧重于女性罢了。我希望有这么一天：女性能物质地不做男性的奴隶，在两性的爱上，铲尽那寄食的不良分子，实现出男女协同的生产与文化。

对了"晚钟"，忽然联想到这种种。"晚钟"作于一八五九年。去今已快七十年了。近代劳动情形，大异从前，米莱又是一个农民画家，偏写当时乡村生活的，要叫现今男女都做"晚钟"

的画中人,原是不能够的事。但当做爱与劳动融合一致的象征,是可以千古不朽的。

——《新女性》第三十二号

误用的并存和折中

从小读过《中庸》的中国人,有一种传统的思想和习惯,凡遇正反对的东西,都把它并存起来,或折中起来,意味的有无是不管的。这种怪异的情形,无论何时何地都可随在发现。

已经有警察了,敲更的更夫,依旧在城市存在,地保也仍在各乡镇存在。已经装了电灯了,厅堂中同时还挂着锡制的"满堂红"。剧场已用布景,排着布景的桌椅了,演剧的还坐布景的椅子以外的椅子。已经用白话文了,有的学校,同时还教着古文。已经改了阳历了,阴历还在那里被人沿用。已经国体共和了,皇帝还依然住在北京……这就是所谓并存。如果能"并行而不悖",原也不妨。但上面这样的并存,其实都是悖的。中国在这里有一个很好的方法,来掩饰其悖。使人看了好像是不悖的。这方法是什么?就是"巧立名目"。

有了警察以后,地保就改名"乡警"了,行了阳历以后,阴历就名叫"夏正"了。

改编新军以后,旧式的防营叫做"警备队"了,明明是一妻一妾,也可以用什么叫做"两头大"的名目来并存,这种事例,举不胜举,实在滑稽万分。现在的督军制度,不就是以前的驻防吗?总统不就是以前的皇帝吗?都不是在那里借了巧立的名目,来与"民国"并存的吗?以彼例此,我们实在不能不怀疑了!

至于折中的现象,也到处都是,医生用一味冷药,必须再用一味热药来防止太冷,发辫剪去了,有许多人还把辫子底根盘留着。以为全体剪去也不好。除少数的都会的妇女外,乡间做母亲的,有许多还用了"太小不好,太大也不好"的态度,替女儿缠成不大不小的中脚。"某人的话是对的,不过太新了","不新不旧",也和"不丰不俭""不亢不卑"……一样,是一般人们的理想!"于自由之中,仍寓限制之意","法无可恕,情有可原"……这是中国式的公文格调!"不可太信,不可太不信",这是中国人的信仰态度!

这折中的办法,是中国人的长技,凡是外来的东西,一到中国人的手里,就都要受一番折中的处分。折中了外来的佛教思想和中国固有的思想,出了许多的"禅儒",几次被他族征服了,却几次都能用折中的方法,把他族和自己的种族弄成一样;这都是历史上中国人的奇迹!

"中西"两个字,触目皆是:有"中西药房",有"中西旅馆",有"中西大菜",有"中西医士",还有中西合璧的家屋,不中不西的曼陀派的仕女画!

讨价一千,还价五百。再不成的时候,就再用七百五十的中数来折中,这不但买卖上如此,到处都可用为公式。什么"妥协",什么"调停",都是这折中的别名。中国真不愧为"中"国哩!

在这并存和折中主义跋扈的中国,是难有彻底的改革,长足的进步的希望的。变法几十年了,成效在哪里?革命以前与革命以后,除一部分的男子剪去辫发,把一面黄旗换了五色旗以外,有什么大分别?迁就复迁就,调停复调停,新的不成,旧的不成,即使再经过多少的年月,恐怕也不能显著地改易这老大国家的面目吧!

我们不能不诅咒古来"不为已甚"的教训了!我们要劝国民吃一服"极端"的毒药,来振起这祖先传来的宿疾!我们要拜托国内军阀:"你们如果是要作孽的,务须快作;务须作得再厉害一点!你们如果是卑怯的,务须再卑怯一点!"我们要恳求国内的政客:"你们的政治(?),应该极端才好!要制宪吗?索性制宪!要联省自治吗?索性联省自治!要复辟吗?复辟也可以!要卖国吗?爽爽快快地卖国就是了!"我们希望我国军阀中,有拿破仑那样的人,我们希望我国政治家中,有梅特涅那样的人。辛亥式的革命,袁世凯式的帝制,张勋式的复辟,南北式的战争,和忽而国民大会,忽而人民制宪,忽而联省自治等类不死不活不痛不痒的方子,愈使中华民国的毛病,陷入慢性。我们对于最近的奉直战争,原希望有一面倒灭的,不料结果仍是一个并存的局面,仍是一个折中的覆辙!

社会一般的心里,都认执拗不化的人为痴呆,以模棱两可,不为已甚的人为聪明,中国人实在比一切别国的人来得聪明!同是圣人,中国的孔子,比印度弃国出家的释迦聪明得多;比犹太的为门徒所卖身受磔刑的耶稣聪明得多哩!关于现在,国民比聪明的孔子更聪明了!

我希望中国有痴呆的人出现!没有释迦、耶稣等类的太痴呆,也可以;至少像托尔斯泰、易卜生等类的小痴呆是要几个的!现在把痴呆的易卜生的呆话,来介绍给聪明的同胞们吧!

"不完全,则宁无!"

——《东方杂志》第十九卷第十号

知识阶级的运命

一

近来阶级意识猛然抬头，有种种的阶级的名称，其中一种叫做知识阶级。

知识阶级是什么？如果依照了唯物的社会主义论者的口吻来说，世间只有"勃尔乔"与"普洛列太里亚"两种阶级，别没有什么可谓知识阶级了的。我国古来分人为四种，叫做"士农工商"，知识阶级，似乎就是古来的所谓士，但古来的士，人数不多，尚未成为一阶级，并且，古代封建制度倒坏已久，现在要想依照士的地位来生活，断不可能。任凭你讨老婆用"士婚礼"，父母死了用"士丧礼"父亲根本不是大夫，你也没有世禄，将如何呢？

知识阶级的正体，实近于幽灵，难以捉摸。说他是无产者呢，其中却有每小时十元出入汽车的大学教授，展览会中一幅油画要售数千金（虽然大家买不起，从无销路）的画家，出洋回国挂博士招牌的学者。说他是资本家呢，其中又有月薪十元不足的小学教师,被人奴畜的公署书记,每几字售一个铜板的文丐。知识阶级之中,实有表层中层与底层之别,同一教育者,大学教授(野鸡大学当然不在其内)是上层,小学教师是下层;同一文人,月收版税数千元或数百元的是上层,每千字售二三元的是下层,上层的近于资本家或正是资本家,下层的近于无产阶级或正是无产阶级。

就广义言,不管上层与下层都可谓之知识阶级,就狭义言,所谓知识阶级者实仅指下层的近于无产阶级或正是无产阶级的人们。因为在上层的人数不多,并不足形成一阶级的。

为划清范围计,姑且下一个知识阶级的定义如下。

所谓知识阶级者,是曾受相当教育,较一般俗人有学识趣味与一技之长的人们,学校教员,牧师,画家,医师,新闻记者,公署职员,文士,工场技师,都是这类的人物,现在中学以上的学生,就是其候补者。

二

"儒冠误人",知识阶级的失意,原是古已有之的事。可是古来知识阶级究曾有过优越的地位,"万般皆下品,唯有读书高",太远的事且不谈,二十年以前,秀才到法庭,就无须下跪,可以不打屁股的。光绪中叶,"洋务"大兴,科举初废,替以学堂,略谙ABCD粗知加减乘除,就可睥睨一世自诩不凡,群众视留学生如神人，速成科出身的留学生，升官发财，爬上资本家的地位者尽多。当时知识阶级（其实有许多是无知阶级）的被优遇，真是千载一时的了。"重赏之下，必有勇夫"，于是学校渐以林立，做父兄的不惜负了债卖了产令子弟求学，预备收一本万利之效，做子弟的亦鄙农工商而不为，鲫鱼也似的奔向中学或大学去，官立学校容不下了，遂有许多教育商人出来开设许多商店式的中学或大学，三年以前，只上海一区，就有大学三十八所，每逢星期，路上触目可见到着皮鞋洋服挂自来水笔的学生。懿欤盛矣！

但世间好事是无常的，知识阶级的所以受欢迎，实由于数目的稀少，金刚石原是贵重的东西，如果随处随时产出，就要不值世人一顾了。全国教育诚不能算已发达，中等以上的毕业生，年年产数当不在少数，单就上海一隅说，专门或大学毕业生可得几千。全国合计，应有几万吧。这每年几万的知识阶级，他们到哪里去呢？有钱有势的不消说会出洋，出洋最初是到日本，十五年前流行的是到美国，现在则一致赴法兰西了。出洋诸君一切问题尚在成了博士回国以后，暂且搁在一边，当面所要考察的是无力镀金，留在本国的诸君的问题。

不论是习农的习商的习工的或是习什么的，在中国现今，知识阶级的出路，只有两条康庄大道，一是从政，一是教书。不信，但看事实！中国已有不少的农科毕业生了。试问全国有若干区的农场？已有不少的工科毕业生了，试问够得上近代工业的工厂有几处？至于商业，原是中国人素所自豪的行业，但试问公司银行中店员，是经理股东的亲戚本家多呢，还是商科毕业生多？于是乎，知识阶级的诸君，只好从政与教书了。从政比较要有手腕，教书比较要有实力，那么无手腕无实力的诸君怎样呢？

友人子恺的《漫画集》中曾有一幅叫做《毕业后》的，画着一西装少年叉手枯坐，壁间悬着大学毕业证书。这虽是近于刻毒的讽刺，但实际上这样的画中人恐到处皆是吧。

民十三年上海邮局招考邮务员四十人，应试者逾四千人，我有一个朋友曾毕业于日本东京高师英语部的，亦居然去与试，取录是取录了，还须候补。这位朋友未及补缺，已于去年死了。去年之秋，上海某国立大学招考书记七人，而应试者至百六七十人之多，我曾从做该校教授的朋友某君处看到他们的试卷与相片履历，文章的过得去不消说，字体的工整，相貌的漂亮，都不愧为知识阶级，其履历有曾从法政专门毕业做过书记官的，有曾在某大学毕业的，有曾在师范学校毕业做过若干年的小学教师，我那时不禁要叹惋了说："斯文扫地尽矣！"

三

找不着饭碗的知识阶级，其沉沦当然可怜，那么现有着位置的知识阶级，其状况可以乐观了吗？决不，决不！

先试就了现在知识阶级的出路从政与教书来说吧。除了法政学校，学校概无做官的科目，知识阶级的从政，原是牛头不对马嘴，饥不择食的事。大官当然是无望的，有奥援而最漂亮的够得上秘书或科长，其余的幸而八行书有效，也只好屈就为科员或雇员之类。姑不论"等因""准此"工作的无趣味，政潮一动，饭碗亦随而动摇，年前各军政机关的政治部被解散时，几百几千的挂斜皮带的无枪阶级的青年，立时风流云散，弄得不凑巧，有的还要枉受嫌疑，不能保其首领哩！教书比较地工作苦些，地位似也应安稳些，但实际，教育随政潮而变动，结果这里一年，那里半年，也会使你像孔子地"席不暇暖"，还有欠薪咧、风潮咧等类的麻烦。其他，如新闻记者，如书肆编辑，表面上虽都是难得的差强人意的职业，实际却极无聊。百元左右的薪水，已算了不得，在都会生活中要养活一家很是拮据，结果书肆和报馆也许大赚了钱，而记者编辑先生们却只会一日一日地贫穷下去。

现在中国知识阶级的状况，真是惨淡，实业的不发达，政治的不安，结果各业凋敝，而首当其冲的，就是那附随各业靠月薪过活的知识阶级，无职的谋职难，未结婚的求偶难，有子女的子女教育经费难，替子女谋职业难，难啊，难啊，难矣哉，知识阶级的人们！

四

凡是一阶级,必有一阶级意识,知识阶级的阶级意识是什么?这是值得考察的。

有一次,我去赴朋友的招宴,那朋友是研究艺术的,同座有一位他的亲戚新由投机事业发财的商人。席间那朋友与商人有一段对话。

"你发了财了,预备怎么样?"

"我恨得无钱苦,预备从此也享些福。"

"有了钱就可享福了吗?"

"那自然,可以住好的,着好的,吃好的,要字画,要古董,都可立刻办到。你前次不是叹吴昌硕的画好,可惜买不起吗?"

"我劝你别妄想享福,还是专门去弄钱吧。"

"为什么我不能享福?"

"享福不是容易的事,譬如住,你大概所希望的只是七间三进的大厦吧,那种大厦并不一定好看的。"

"那我会请工程师打样,还要布置一个好好的花园哩!"

"工程师所打的样子,究竟好不好,你要判别也不容易,即使那样子在建筑艺术上本是好的,也得有赏鉴能力的才会赏鉴。你方才说起吴昌硕的画,有钱的原可花几十块钱买一幅挂在屋子里。但在无赏鉴能力的人,无从知道他的妙处好处,只知道值几十块钱而已。那岂不是只要在壁上糊几张钞票就好了吗？"

那朋友这番话说得那新发财的商人俯首无言，我在旁听了暗暗称快，为之浮一大白。同时并想到这就是知识阶级共通的阶级意识。

"长揖傲公卿""彼以其富，我以其仁，彼以其爵，我以其义"。知识阶级的睥睨富贵，自古已然。这血统直流到现在毫无改变。今日的知识阶级一方面因自己尚未入无产阶级，对于体力劳动者有着优越感，一方面又因了自己的知识教养与资本家挑战。"守财奴"、"俗物"，是知识阶级用以攻击资本家的标语，"穷措大"、"寒酸"，是资本家用以还攻的标语。

五

这"金力"与"知力"的抗争，究竟孰胜孰负呢？在从前，原是胜负互见，而大众的同情却都注意于知力的一方。往昔的传说小说戏剧中，以这抗争作了题材而把胜利归诸知力，把金力诅咒者很多。名作如《桃花扇》，通俗本如《珍珠塔》都曾把万斛的同情注于知识阶级的。

可是现在怎样？

现在是黄金万能的时代了。黄金原是自古高贵的东西，不过，在从前物质文明未发达时，生活上的等差不如现今之甚，有钱的住楼房，无钱的住草舍，有钱的夏天摇有字画的纸扇，无钱的摇蒲扇，一样有住，一样得凉，虽相差而不甚远，所以穷人还有穷标可发。现在是，有钱的住高大洋房，无钱的困水门汀了，有钱的坐汽车兜风，房子里装冷气管，无钱的汗流浃背地拉黄包车，连摇蒲扇的余暇都没有了。有钱者如彼，无钱者如此，见了钱怎不低头呢！知识阶级虽无钱，但尚未堕入无产的体力劳动者队里去，一方恐失足为体力劳动者，一方又妄思借了什么机会，一跃而为准资本家，于是转辗挣扎，不得不终年在苦闷之中。他们要顾体面，要保持威严，体力不如劳动者，职业又不如劳动者的易得，真是进退维谷的可怜的动物。

因此，知力对金力的争抗，阵容不得不改变了。所谓"士气"，已逐渐消失，我那朋友对那新发财的商人的态度，原是知识阶级以知力屈服金力的千古秘传，可是在现在究只是无谓的豪语而已。画家的画，无论怎样名贵，有购买力的是富人，文学者的作品如不迎合社会一般心理，虽杰作亦徒然。所以，在现在，一切知识阶级都已屈服于金力之下，一字不识的军阀，可以使人执笔打四六文的电报，胸无半点丘壑的俗物，可以令人布置幽胜的亭园，文士与亭园意匠师，同时亦不得不徇了"金力"的要求，昧了良心把其主张和艺术观改换面目。

现在的理想人物，不是名流，不是学者，是富人。官僚的被尊敬，并不因其是官僚，实因其是未来的富人。知识阶级的上层的所谓博士之类，其所以受社会崇拜，并不因其学问渊博，实因其本是富人（穷人是断不会成博士的），或将来有成富人的希望。如果叫《桃花扇》、《珍珠塔》等的作者在现在，再写起作品来，恐亦不会抹杀了事实，作一相情愿的老格套，把美丽的女主人公嫁给名流或穷措大了。不信，但见当世漂亮的小姐们的趋向！

六

知识阶级的地位已堕落至此，他们将何以自救呢？他们曾"武装起来"了吗？他们的武器是什么？

他们不如资本家的有金力，又不如劳动者的有暴力，他们的武器有二：一是笔，一是口。他们的战略，只是宣传。"处士横议"，孟子也曾畏惧他们的战略，秦始皇至于用了全力来对付他们，似乎很是可怕的东西。但当时之所谓士者，性质单纯，不如现今知识阶级分子的复杂，当时的金力也不如今日之有威严，今日的知识阶级，欲其作一致的宣传，是不可能的，一方贴标语呼口号要打倒谁，一方却在反对地贴标语呼口号要拥护谁，正负相消，结果虽不等于零，效用也就无几。并且，知识阶级无论替任何阶级宣传，个人也许得一时的好处，对于其阶级本身，往往不但无益而且有损的。例如五四以后，知识阶级替劳动者宣传，所谓"劳动运动"者就是。但其实，那不是"劳动运动"，是"运动劳动"，如果有一日劳动者真觉醒了，真正的"劳动运动"实现以后,知识阶级的地位怎样?不消说是愈不堪的。我并不劝人别作劳动运动,利害自利害,事实自事实。无法讳饰的。左倾的宣传得不到好处,那么作"右倾"的宣传如何?知识阶级已成了金力的奴隶,再作"右倾"的宣传,金力的暴威将愈咄咄逼来,当然更是不利于其阶级本身的了。

知识阶级有其阶级意识,确是一个阶级,而其战斗力的薄弱,实是可惊。他们上层的大概右倾,下层的大概左倾,右倾的不必说,左倾的也无实力。他们决不能与任何阶级反抗,只好献媚于别阶级,把秋波向左送或向右送,以苟延其残喘而已。他们要待其子或孙,堕入体力劳动者时才脱离这境界,但到那时,他们的阶级,也已早不存在了。

七

如果有人问知识阶级何以有此厄运?我回答说:"这是他们的运命?不但中国如此,全世界都如此。法学士的充当警察,是日本所常有的。

友人章克标君新近以其所译莫泊桑的《水上》见赠,其中有一处描写律师或公署的书记的苦况的(页一二一——一二二。)摘录数节于下。

"啊!自由!自由!唯一的幸福,唯一的希望,唯一的梦幻,在一切可怜的存在中,在一切种类的个人中,在一切阶级的劳工中，在为了每日的生活而恶战苦斗的人们之中，这一类人是最可叹了，是最受不到天惠的了。

"……………………………………………………………

"他们下过学问上的工夫，他们也懂得些法律，他们也许保有学士的头衔。

"我曾经怎样地切爱过 Jules Valles 的奉献之词：

"'献呈给一切受了拉丁希腊的教养而饿死的人。'

"晓得那些可怜的人们的收入吗？每年八百乃至一千五百法郎？

"阴暗的辩护士办公室的用人，广大的公署中的雇员，啊，你们每朝不得不在那可怕的牢狱之门上，读但丁（Dante）的名句：

"'舍去一切的希望，你们，进来的人啊！'

"第一次进这门的时候，只有二十岁，留在这里，等到六十岁或在以上，这长期间的生活，毫无一点变动，全生涯始终一样，在一只堆满绿色纸夹的桌子，昏暗的桌子边过去了。他们进来是在前程远大的青年时代。出去的时候，老到近于要死了。我们一生中所造作的一切，追忆的材料，意外的事件，欢喜或悲哀的恋爱，冒险的旅行，一切自由生涯中所遭际的，这一类囚人都不知道的。"

这虽是描写书记的，但对于大部分的知识阶级，如学校教师，如新闻记者，如书肆编辑，如官署僚友等，不是都也可照样移赠了吗？

现在或未来的知识阶级诸君啊，珍重！

——《一般》第十七号

『子恺漫画』序

新近因了某种因缘,和方外友弘一和尚(在家时姓李,字叔同)聚居了好几日,和尚未出家时,曾是国内艺术界的先辈,披剃以后,专心念佛,见人也但劝念佛,不消说,艺术上的话是不谈起了的。可是我在这几日的观察中,却深深地受到了艺术的刺激。

他这次从温州来宁波,原预备到了南京再往安徽九华山去的。因为江浙开战,交通有阻,就在宁波暂止,挂单于七塔寺。我得知就去望他。云水堂中住着四五十个游方僧。铺有两层,是统舱式的。他住在下层,见了我笑容招呼,和我在廊下板凳上坐了,说:

"到宁波三日了。前两日是住在某某旅馆(小旅馆)里的。"

"那家旅馆不十分清爽吧。"我说。

"很好!臭虫也不多,不过两三只。主人待我非常客气呢!"

他又和我说了些在轮船统舱中茶房怎样待他和善,在此地挂单怎样舒服等等的话。

我惘然了。继而邀他明日同往白马湖去小住几日，他初说再看机会，及我坚请，他也就欣然答应。

行李很是简单，铺盖竟是用粉破的席子包的。到了白马湖后，在春社里替他打扫了房间，他就自己打开铺盖，先把那粉破的席子丁宁珍重地铺在床上，摊开了被，再把衣服卷了几件做枕。拿出黑而且破得不堪的毛巾走到湖边洗面去。

"这手巾太破了，替你换一条好吗？"我忍不住了。

"哪里！还好用的，和新的也差不多。"他把那破手巾珍重地张开来给我看，表示还不十分破旧。

他是过午不食的。第二日未到午，我送了饭和两碗素菜去（他坚说只要一碗的，我勉强再加了一碗），在旁坐了陪他。碗里所有的原只是些莱菔白菜之类，可是在他却几乎是要变色而作的盛馔，丁宁喜悦地把饭划入口里，郑重地用筷夹起一块莱菔来的那种了不得的神情，我见了几乎要下欢喜惭愧之泪了！

第二日，有另一位朋友送了四样菜来斋他，我也同席。其中有一碗咸得非常的，我说：

"这太咸了！"

"好的！咸的也有咸的滋味，也好的！"

我家和他寄寓的春社相隔有一段路，第三日，他说饭不必送去，可以自己来吃，且笑说乞食是出家人的本等的话。

"那么逢天雨仍替你送去吧。"

"不要紧！天雨，我有木屐哩！"他说出木屐二字时，神情上竟俨然是一种了不得的法宝。我总还有些不安。他又说：

"每日走些路，也是一种很好的运动。"

我也就无法反对了。

在他，世间竟没有不好的东西，一切都好，小旅馆好，统舱好，挂单好，粉破的席子好，破旧的手巾好，白菜好，莱菔好，咸苦的蔬菜好，跑路好，什么都有味，什么都了不得。

这是何等的风光啊！宗教上的话且不说，琐屑的日常生活到此境界，不是所谓生活的艺术化了吗？人家说他在受苦。我却要说他是享乐。我当见他吃莱菔白菜时那种丁宁的光景，我想：莱菔白菜的全滋味，真滋味，怕要算他才能如实尝得的了。对于一切事物，不为因袭的成见所缚，都还他一个本来面目，如实观照领略，这才是真解脱，真享乐。

艺术的生活，原是观照享乐的生活。在这一点上，艺术和宗教实有同一的归趋。凡为实利或成见所束缚，不能把日常生活咀嚼玩味的，都是与艺术无缘的人们。真的艺术，不限在诗里，也不限在画里，到处都有，随时可得。能把他捕捉了用文字表现的是诗人，用形及五彩表现的是画家。不会作诗，不会作画，也不要紧，只要对于日常生活有观照玩味的能力，无论谁何，都能有权去享受艺术之神的恩宠。否则虽自号为诗人画家，仍是俗物。

与和尚数日相聚，深深地感到这点。自怜囫囵吞枣地过了大半生，平日吃饭着衣，何曾尝到过真的滋味！乘船坐车，看山行路，何曾领略到真的情景！虽然愿从今留意，但是去日苦多，又因自幼未曾经过好好的艺术教养，即使自己有这个心，何尝有十分把握！言之怃然！

正怃然间，子恺来要我序他的漫画集。记得：子恺画这类画，实由于我的怂恿。在这三年中，子恺实画了不少，集中所收的不过数十分之一。其中含有两种性质，一是写古诗词名句的，一是写日常生活的片段的。古诗词名句，原是古人观照的结果，子恺不过再来用画表出一次，至于写日常生活的片段的部分，全是子恺自己观照的表现。前者是翻译，后者是创作了。画的好歹且不谈，子恺年少于我，对于生活，有这样的咀嚼玩味的能力，和我相较，不能不羡子恺是幸福者！

子恺为和尚未出家时画弟子，我序子恺画集，恰因当前所感，并述及了和尚的近事，这是什么不可思议的缘啊！南无阿弥陀佛！

《鸟与文学》序

壁上挂把拉皮黄调的胡琴与悬一张破旧的无弦古琴,主人的胸中的情调是大不相同的。一盆芬芳的蔷薇与一枝枯瘦的梅花,在普通文人的心目中,也会有雅俗之分。这事实可用民族对于事物的文学历史的多寡而说明。琴在中国已有很浓厚的文学背景,普通人见了琴就会引起种种联想,胡琴虽时下流行,但在近人的咏物诗以外却举不出文学上的故事或传说来,所以不能为联想的元素。蔷薇在西洋原是有长久的文学的背景的,在中国,究不能与梅花并列。如果把梅花放在西洋的文人面前,其感兴也当然不及蔷薇的吧。

文学不能无所缘,文学所缘的东西,在自然现象中要算草虫鸟为最普通。孔子举读诗的益处,其一种就是说"多识乎鸟兽草木之名"。试翻毛诗来看,第一首《关雎》,是以鸟为缘的,第二首《葛覃》,是以草木为缘的。民族各以其常见的事物为对象,发为歌咏或编成传说,经过多人的歌咏及普遍的传说以后，那事物就在民族的血脉中，遗下某种情调，呈出一种特有的观感。这些情调与观感，足以长久地作为酵素，来温暖润泽民族的心情。日本人对于樱花的情调，中国人对于鹤的趣味，都是他民族所不能翻译共喻的。

事物的文学背景愈丰富，愈足以温暖润泽人的心情，反之，如果对于某事物毫不知道其往昔的文献或典故，就会兴味索然。故对于某事物关联地来灌输些文学上的文献或典故，使对于某事物得扩张其趣味，也是青年教育上一件要务。祖璋的《鸟典文学》，在这意义上，不失为有价值的书。

小泉八云（Lafcadio Hearn）曾著了一部有名的《虫的文学》，把日本的虫的故事与诗歌和西洋的关于虫的文献比较研究过。我在往时读了很感兴趣。现在读祖璋此书，有许多地方，令我记起读《虫的文学》的印象来。

我的中学生时代

中学生时代，在年龄上是指十三四岁至十八九岁的一段的。我今年四十六岁，我的中学生时代已是三十年以前的事了。那时正是由科举过渡到学校的当儿，学校未兴，私塾是唯一的学校。我自幼也从塾师读经书，学八股，考秀才，后来且考举人。及科举全废的前两三年，然后改进学校，可是却未曾在什么学校里毕过业，未曾得过卒业文凭。

我上代是经商的，父亲却是个秀才。在十岁以前，祖父的事业未倒，家境很不坏，兄弟五人中据说我在八字上可以读书，于是祖父与父亲都期望我将来中举人点翰林，光大门楣，不预备叫我去学生意。在我家坐馆的先生也另眼相看，我所读的功课是和我的兄弟们不同的。他们读毕《四书》，就读些《幼学琼林》和尺牍书类，而我却非读《左传》《诗经》《礼记》等等不可。他们不必做八股文，而我却非做八股文不可。因为我是要预备将来做读书人的。

十六岁那年我考得了秀才,以后不久,八股即废,改"以策论取士"。八股在戊戌政变时曾废过,不数月即恢复,至是时乃真废了。这改革使全国的读书人大起恐慌,当时的读书人大都是一味靠八股吃饭的,他们平日朝夕所读的是八股,案头所列的是闱墨或试帖诗,经史向不研究,"时务"更所茫然。我虽八股的积习未深,不曾感到很大的不平,但要从师,也无师可从,只是把《大题文府》等类搁起,换些《东莱博议》、《读通鉴论》、《古文观止》之类的东西来读把白折纸废去,临摹碑帖,再把当时唯一的算术书《笔算数学》买来自修而已。

那时我家里的境况已大不如从前了。最初是祖父的事业失败,不久祖父即去世。父亲是少爷出身,舒服惯了的。兄弟们为家境所迫,都托亲友介绍,提早做商店学徒去了。五间三进的宽大而贫乏的家里,除了母亲和一个嫂子,就剩了父子两个老小秀才。父亲的书箱里,八股文以外,有一部《史记》,一部《前后汉书》,一部《韩昌黎集》,一部《唐诗三百首》,一部《通鉴纲目》,一部《文选》,一部《聊斋志异》,一部《红楼梦》,一部《西厢记》,一部《经策通纂》,一部《皇清经解》,还有几种唐人的碑帖,与《桐荫论画》等论书画的东西。父子把这些书作长日的消遣,父亲爱写字,种花,整洁居室,室里干净清静得如庵院一般。这样地过了约莫一年。

亲戚中从上海回来的,都来劝读外国书(即现在的所谓进学校)。当时内地无学校,要读外国书只有到上海。据说:上海最有名的是梵王渡(现在的圣约翰大学),如果在那里毕业,包定有饭吃。父母也觉得科举快将全废,长此下去究不是事,于是就叫我到上海去读外国书。当时读外国书的地方也并不多。外国人立的只有梵王渡、震旦与中西书院,中国人立的只有南洋公学。我是去读外国书的,当然要进外国人的学校。震旦是读法文的,梵王渡据说程度较高,要读过几年英文的才能进去,中西书院(现在东吴大学的前身)入学比较容易些。我于是就进中西书院。

那时生活程度还很低,可是学费却已并不便宜,中西书院每半年记得要缴费四十八元。家中境况已甚拮据,我的第一次半年的学费,还是母亲把首饰变卖了给我的。我与便友同伴到了上海,由大哥送我入中西书院。那时我年十七。

中西书院分为六年(?)毕业,初等科三年,高等科三年,此外还有特科若干年。我当然进初等科。那时功课不限定年级,是依学生的程度定的。英文是甲班的,算学如果有些根底就可入乙班,国文好的可以入丙班。我英文初读,入甲班,最初读的是《华英初阶》;算学乙班,读《笔算数学》;国文,甲班。其余各科也参差不齐,记不清楚了。各种学科中,最被人看不起的是国文,上课与否可以随便,最注重的是英文。时间表很简单,每日上午全读英文,下午第一时板定是算学,其余各科则配搭在数学以后。监院（校长）是美国人潘慎文，教习有史拜言、谢鸿赉等。同学一百多人，大多数是包车接送的富者之子，间有贫寒子弟，则系基督教徒，受有教会补助，读书不用花钱的。我的同学中，很有许多现今知名之士。记得名律师丁榕，经济大家马寅初，都是我的先辈的同学。

中西书院门禁森严除通学生外，非得保证人来信不能出大门一步，并且星期日不能告假（因为要做礼拜），情形几等于现在的旧式女学校。告假限在星期六下午。我的保证人是我的大哥，他在商店做事，每月只来带我出去一次，有时他自己有事，也就不来领我。我在那里几乎等于笼鸟。尤其是礼拜日逃不掉做礼拜觉得很苦。

礼拜真真多极。每日上课前要做礼拜，星期三晚上要做礼拜，星期日早晨要做礼拜，晚上又要做礼拜。每次礼拜有舍监来各房间查察，非去不可。每日早晨的礼拜须三十分钟。其余的都要费一小时以上。唱赞美歌，祷告，讲经，厌倦非凡。这种麻烦，如果叫现今每周只做一次纪念周犹嫌费事的学生诸君去尝，不知能否忍耐呢。

读了一学期，学费无法继续，于是只好仍旧在家里，用《华英进阶》、《华英字典》（这是中国第一部英文字典，商务出版）、《代数备旨》等书自修。另外再作些策论《四书》义，请邑中的老先生评阅。秋间再去考乡试。举人当然无望，却从临时书肆（当时平日书店很少，一至考试时，试院附近临时书店如林）买了严译《原富》、《天演论》等书回来，莫名其妙地翻阅。又因排满之呼声已起，我也向朋友那里借了《新民丛报》等来看，由是对于明末清初的故事与文章很有兴味，《明季稗史》、《明夷待访录》、《吴梅村集》、《虞初新志》等书都是我所耽读的。

十八岁那年，因了一位朋友的劝告，同到绍兴府学堂（即现在浙江第五中学的前身）入学，在那一两年中内地学堂已成立了不少。当时办学概依奏定学堂章程，学制很划一。县有县学堂，性质为现在的高小程度，府学堂则相当于现在的中学，省学堂相当于大学预科，京师大学堂即现在的所谓大学了。学堂的成立，并无一定顺序，我们绍属，是先有中学，后有小学的。府学堂学费不收，宿费更不须出，饭费只每月两元光景，并且学校由书院改设，书院制尚未全除，月考成绩若优，还有一元乃至几毛钱的"膏火"可得（膏火是书院时代的奖金名称，意思是灯油费）。读书不但可以不花钱，而且弄得好还有零用可获得的。

府学堂的科目记得为伦理、经学、国文、英文、史学、舆地、算学、格致（即现在的理化博物）、体操、测绘（用器画舆地图）功课亦依程度编级，一如中西书院的办法。我因英文已有每日三点钟半年及在家自修的成绩，居然大出风头，被排在程度顶高的一级里，算学与国文的班次也不低。同学之中年龄老大的很多，班级皆低于我，我于是颇受师友的青睐。

国文是一位王先生教的，选读《皇朝经世文编》，作文题是"范文正公为秀才时便以天下为己任""士先器识而后文艺"之类。经学是徐先生（刺恩铭的徐烈士）担任的，他叫我们读《公羊传》上课时大发挥其微言大义，测绘也由这位徐先生担任。体操教师是一位日本人。他不会讲中国话，口令是用日本语的，故于最初就由他教我们几句体操用的日本语。如"立正"、"向前"之类。伦理教师最奇特，他姓朱，是绍兴有名的理学家，有长长的须髯，走路踱方步，写字仿朱子。他教我们学"洒扫应对"、"居敬存诚"，还教我舞佾，拿了鸡尾似的劳什子作种种把戏。据他的主张，上课时书应端执在右手，不应挟在腋下，上班退班，都须依照长幼之序"鱼贯而行"，不应作鸟兽散，见先生须作揖，表示敬意。我们虽不以为然，但却不去加以攻击，只以老古董相待罢了。

当时青年界激昂慷慨，充满着蓬勃的朝气，似乎都对于中国怀着相当的期待，不像现在的消沉幻灭。庚子事件经过不久，又当日俄战争，风云恶劣，大家都把一切罪恶归诸满人，以为只要满人推倒，国事就有希望了。《新民丛报》、《浙江潮》等杂志大受青年界的欢迎，报纸上的社论也大被注意阅读。那时恋爱尚未成为青年间的问题，出路的关心也不如现在的急切（因为读书人本来不大讲究出路），三四朋友聚谈，动辄就把话题移到革命上去,而所谓革命者,内容就只是排满,并没有现在的复杂。见了留学生从日本回来,没有辫子,恨不得也去留学,可以把辫子剪去(当时普通人是不许剪辫子的。)见了花翎颜色顶子的官吏,就暗中憎恶,以为这是奴隶的装束。卢梭、罗兰夫人、马志尼等都因了《新民丛报》的介绍,在我们的心胸里成了令人神往的理想人物。罗兰夫人的"自由,自由!天下几多罪恶假汝之名以行!"已成了摇笔即来的文章的套语了。

我在这样的空气中过了半年中学生活,第二学期又辍学了。这次的辍学,并非由于拿不出学费,乃是为了要代替父亲坐馆。原来,父亲在一年来已在家授徒了,一则因邻近有许多小孩要请人教书,二则父亲嫌家里房屋太大,住了太寂寞,于是就在家里设起书塾来。来读的是几个族里与邻家的小孩。中途忽然有一位朋友要找父亲去替他帮忙,为了友谊与家计,都非去不可。书馆是不能中途解散的,家里又无男子,很不放心,于是就叫我辍学代庖。功课当然是我所教得来的。学生不多,时间很有余暇,于是一边教书,一边仍行自修。家里人颇想叫我永继父职,就长此教书下去,本乡小学校新立,也邀我去充教习,但我总觉得于心不甘。

恰好有一个亲戚的长辈从日本留学法政回来,说日本如何如何的好,求学如何如何的便利。我对于日本留学梦想已久了,听了他的话,心乃愈动。父母并不大反对,只是经费无着。乃遍访亲友借贷，很费力地集了五百元，冒险赴日。

当时赴日留学，几成为一种风气，东京有一个宏文学院，就是专为中国留学生办的，普通科二年毕业，除教日语外，兼教中学课程。凡想进专门以上的学校的，大概都在那里预备。我因学费不足两年的用度，乃于最初数月请一日本人专教日文。中途插入宏文学院普通科去，总算我的自修有效，英算各科居然尚能衔接赶上。在那里将毕业的前两三月，东京高等工业学校招考了，我不待毕业就去跨考，结果幸而被录。当时规定，入了官立专门学校，就有官费的。而浙江因人多不能照办，我入高工后快将一年，犹领不到官费，家中为我已负债不少，结果乃不得不中途辍学回国，谋职糊口。我的中学时代就此结束了。那时我年二十一岁。

总计我的中学时代，经过许多的周折，东补西凑，断续不成片段。我为了修得区区的中学课程，曾经过不少的磨难，空费过长期的光阴。这种困苦的经验，当时不但我个人有过，实可谓是一般的情形。现在的中学生，在这点上真足羡艳，真是幸福。

——《中学生》第十六号

光复杂忆

武汉起义以后,各省纷纷响应,大都"兵不血刃",就转了向了。我们浙江的改换五色旗,是十一月五日。那时我在杭州,事前曾有风声,说就要发动。四日夜里尚毫不觉得有什么,次晨起来,知道已光复了。抚台已逃走。光复的痕迹,看得见的,只有抚台衙门的焚烧的余烬,墙上贴着的都督汤寿潜的告示,和警察袖上缠着的白布条。街上的光景和旧历元旦很相像,商店大半把门闭着,行人稀少得很。

时流行的是剪辫,青年们都成了和尚。因为一向梳辫的缘故,为发的本来方向不同,剃去以后每人头上有着白白的一圈,当时有一个名字,叫做奴隶圈。这时候最出风头的不消说是本来剪了发的留学生了。一般青年都恨不得头发快长起,掠成"西发"。老成拘谨些的人,不敢就剪辫,或剪去一截,变成鸭屁股式。乡下农民最恋恋于辫发,有一时,警察手中拿了剪刀,硬要替行人剪发,结果乡下人不敢上城市来了。有的把辫子盘起来藏在帽里，可笑的事情不少。

当时尚未发明标语的宣传法，大家只在日用文件上表示些新气象。最初用黄帝纪元，第二年才称民国元年。在文字的写法上有好些变化。革命军的"軍"大家都写作"軍""民"字写作"民"，据说是革命军与人民出了头的意思，"國"字须写作"囻"，据说是共和国以人民为主体的意思。这风气直至民国四五年袁世凯要称帝时还存着。朋友×君曾以"國"字为谜底作一灯谜云："有的说是民意，有的说是王心，不知这圈圈内是什么人。"国字旧略写作"国"，×君的灯谜，是暗射当时的时事的。

"现在是民国时代了，什么花样都玩得出来！如果在前清是……"光复后不到几年，常从顽固的老年人口中听到这样的叹息。记得在光复当时，人心是非常兴奋的。一般人，尤其是青年，都认中国的衰弱，罪在满洲政府的腐败，只要满洲人一倒，就什么都有办法。当辫子初剪去的时候，我们青年朋友间都互相策励，存心做一个新国民，对时代抱着很大的希望。就我个人说，也许是年龄上的关系吧，当时的心情，比十六年欢迎党军莅境似乎兴奋得多。宋教仁的被暗杀，记得是我幼稚素朴的心上第一次所感到的幻灭。

光复初年的双十节，不像现在的冷淡，各地都有热烈的庆祝。我在杭州曾参加过全城学界提灯会,提了"国庆纪念"的高灯,沿途去喊"中华民国万岁!"自六时起至十一时才停脚,脚底走起了泡。这泡后来成了两个茧,至今还在我的脚上。

——《中学生》第三十八号

紧张气氛的回忆

前后约二十年的中学教师生活中，回忆起来自己觉得最像教师生活的，要算在×省×校担任舍监，和学生晨夕相共的七八年，尤其是最初的一两年。至于其余只任教课或在几校兼课的几年，跑来跑去简直松懈得近于帮闲。

我的最初担任舍监是自告奋勇的，其时是民国元年。那时学校习惯把人员截然划分为教员与职员二种，教书的是教员，管事务的是职员，教员只管自己教书，管理学生被认为职员的责任。饭厅闹翻了，或是寄宿舍里出了什么乱子了，做教员的即使看见了照例可"顾而之他"或袖手旁观，把责任委诸职员身上，而所谓职员者又有在事务所的与在寄宿舍的之分，各不相关。舍临一职，待遇甚低，其地位力量易为学生所轻视，狡黠的学生竟胆敢和舍监先生开玩笑，有时用粉笔在他的马褂上偷偷地画乌龟，或乘其不意把草圈套在他的瓜皮帽结子上。至于被学生赶跑，是不足为奇的。

舍监在当时是一个屈辱的位置，做舍监的怕学生，对学生要讲感情，只要大家说"×先生和学生感情很好"。这就是漂亮的舍监。

有一次，×校舍监因为受不过学生的气，向校长辞职了。一时找不到相当的替人，我在×校教书，颇不满于这种情形，遂向校长自荐，去兼充了这个屈辱的职位，这职位的月薪记得当时是三十元。

我有一个朋友在第×中学做教员，因在风潮中被学生打了一记耳光，辞职后就抑郁病死了，我任舍监和这事的发生没有多日。心情激昂得很，以为真正要作教育事业须不怕打，或者竟须拼死。所以就职之初，就抱定了硬干的决心：非校长免职或自觉不能胜任时决不走，不怕挨打，凡事讲合理与否，不讲感情。

×校有学生四百多人，我在×校虽担任功课有年，实际只教一两个班，差不多有十分之七八是不相识的。其中年龄最大的和我相去只几岁。当时轻视舍监已成了风气，我新充舍监，最初曾受到种种的试炼。因为我是抱了不顾一切的决心去的，什么都不计较，凡事皆用坦率强硬的态度去对付，决不迁就。在饭厅中，如有学生远远地发出"嘘嘘"的鼓动风潮的暗号，我就立在凳子上去注视发"嘘嘘"之声的是谁？饭厅风潮要发动了，我就对学生说："你们试闹吧，我不怕。

看你们闹出什么来。"人丛中有人喊"打"了,我就大胆地回答说:"我不怕打,你来打吧。"学生无故请假外出,我必死不答应,宁愿与之争论至一二小时才止。每晨起床铃一摇,我就到斋舍里去视察,如有睡着未起者,一一叫起。夜间在规定的自修时间内,如有人在喧扰,就去干涉制止,熄灯以后见有私点洋烛者,立刻赶进去把洋烛没收。我不记学生的过,有事不去告诉校长,只是自己用一张嘴和一副神情去直接应付。每日起得甚早,睡得甚迟,最初几天向教务处取了全体学生的相片来,一叠叠地摆在案上,像打扑克或认方块字似地的一一翻动,以期认识学生的面貌名字及其年龄籍贯学历等等。

我在那时,颇努力于自己的修养,读教育的论著,翻宋元明的性理书类,又搜集了许多关于青年的研究的东西来读。非星期日不出校门,除在教室授课的时间外,全部埋身于自己读书与对付学生之中。自己俨然以教育界的志士自期,而学生之间却与我以各种各样的绰号。当时我的绰号,据我所知道的,先后有"阎罗""鬼王""戆大""木瓜"几个,此外也许还有更不好听的,可是我不知道了。

我的做舍监,原是预备去挨打与拼命的。结果却并未遇到什么。一连做了七八年,到了后来,什么都很顺手,差不多可以"无为卧治"了。事隔多年,新就职时那种紧张的气氛,至今回忆起来还能大概在心中复现。遇到老学生们,也常和大家谈起当时的旧事来,相对共笑。

——《中学生》第四十二号

一个追忆

这是四五年前的事。

钱塘江江心忽然涨起了一条长长的土埂,有三四里路阔,把江面划分为二。杭州西兴之间,往来的要摆两次渡,先渡到土埂,再走三四里路,或坐三四里路的黄包车,到土埂尽头,再上渡船到彼岸去。这情形继续了大半年,据说是百年来从未有过的奇观。

不会忘记:那是废历九月十八的一天。我从白马湖到上海来,因为杭州方面有点事情,就不走宁波,打杭州转。在曹娥到西兴的长途中,有许多人谈起钱塘江中的土埂;什么"世界两样了,西湖搬进了城里,钱塘江有了两条了"咧,"据说长毛以前,江里也起过块,不过没有这样长久,怪不得现在世界又不太平"咧,我已有许久不渡钱塘江了,只是有趣味地听着。

到西兴江边已下午四时光景,果然望见江心有土埂突出在那里,还有许多行人和黄包车在跑动。下渡船后,忽然记得今天是九月十八,依照从前八月十八看潮的经验,下午四五时之间是有潮的。"如果不凑巧,在土塍上行走着的当儿碰见潮来,将怎样呢?"不觉暗自担心起来。旅客之中,也有几个人提起潮的,大家相约:"看情形再说,如果潮要来了,就不上土塍,停在渡船里。待潮过了再走。"

渡船到土塍时,几十部黄包车夫来兜生意,说:"潮快来了,快坐车子去!"大部分的旅客都跳上了岸。我方才相约慢走的几位,也一个个地管自乘车去了。渡船中除我以外,只剩了两三个人。四五部黄包车向我们总攻击,他们打着萧山话,有的说"拉到渡船头尚来得及",有的说"这几天即使有潮也是小小的。我们日日在这里,难道不晓得?"我和留着的几位结果也都身不由主地上了黄包车。

坐在黄包车上担心着遇见潮,恨不得快到前方的渡头。哪里知道拉到一半路程的时候,前方的渡船已把跳板抽起要开行了。江心的设渡是临时的,只有渡船没有趸船。前方已没有船可乘,四边有人喊:"潮要到了!"不坐人的黄包车都在远远地向浅滩逃奔,土塍上只剩了我们三四部有人的车子。结果只有向后转,回到方才来的原渡船去。幸而那只渡船载着从杭州到西兴去的旅客还未开行。

四周寂无人声,隆隆的潮声已听到了。车夫一面飞奔,一面喊"救命!"我们也喊"救命!""放下跳板来!"

逃上跳板的时候，潮头已望得见。船上的旅客们把跳板再放下一块，拼得阔阔地，协力将黄包车也拉了上来。潮头就到船下了，潮意外的大，船一高一低地颠簸得很凶，可是我在这瞬间却忘了波涛的险恶，深深地感到生命的欢喜和人间的同情。潮过以后，船开到西兴去，我们这几个人好像学校落第生似的再从西兴重新渡到杭州。天已快晚，隐约中望得见隔江的灯火；潮水把土埂涨没，钱塘江已化零为整；船可直驶杭州渡头，不必再在江心坐黄包车了。船行到江心土埂的时候，我们患难之交中有一位，走到船头，把篙子插到到水里去看有多少深，居然一篙子还不到底。

"险啊！如果浸在潮里，我们现在不知怎样了！"他放好篙子说，把舌头伸出得长长的。

"想不得了，还是不去想他好。"一个患难之交说。

我觉得他们的话都有道理。

——《中学生》第四十七号

我之于书

二十年来,我生活费中至少十分之一二是消耗在书上的。我的房子里比较贵重的东西就是书。

我向无对于任何一问题作高深研究的野心,因之所买的书范围较广,宗教、艺术、文学、社会、哲学、历史、生物,各方面差不多都有一点。最多的是各国文学名著的译本,与本国古来的诗文集,别的门类只是些概论等类的入门书而已。

我不喜欢向别人或图书馆借书,借来的书,在我好像过不来瘾似的,必要是自己买的才满足。这也可谓是一种占有的欲望。买到了几册新书,一册一册地加盖藏书印记,我最感到快悦的是这时候。

书籍到了我的手里以后,我的习惯是先看序文,次看目录。页数不多的往往立刻通读,篇幅大的,只把正文任择一二章节略加翻阅,就插在书架上。除小说外,我少有全体读完的大部的书,只凭了购入当时的记忆,知道某册书是何种性质，其中大概有些什么可取的材料而已。什么书在什么时候再去读再去翻，连我自己也无把握，完全要看一个时期的兴趣。关于这事，我常自比为古时的皇帝，而把插在架上的书，譬诸列屋而居的宫女。

我虽爱买书，而对于书却不甚爱惜。读书的时候，常在书上把我所认为要紧的处所标出。线装书大概用笔加圈，洋装书竟用红铅笔画粗粗的线。经我看过的书，统体干净的很少。

据说，任何爱吃糖果的人，只要叫他到糖铺中去做事，见了糖果就会生厌。自我入书店以后，对于书的贪念，也已消除了不少了。可是仍不免要故态复萌，想买这种，想买那种。这大概因为糖果要用嘴去吃，往往摆存毫无意义，而书则可以买了不看，任其只管插在架上的缘故吧。

——《中学生》第三十九号

试炼

搬家到这里来以后,才知道附近有两所屠场。一所是大规模的西洋建筑,离我所住地方较远,据说所屠杀的大部分是牛。偶然经过那地方除有时在近旁见到一车一车的血淋淋的牛肉或带毛的牛皮外,不听到什么恶声,也闻不到什么恶臭。还有一所是旧式的棚屋,所屠杀的大部分是猪。棚屋对河一条路是我出去回来常要经过的,白天看见一群群的猪被拷押着走过,闻着一股臭气,晚间听到凄惨的叫声。

我尚未戒肉食,平日吃牛肉,也吃猪肉,但见到血淋淋的整车的新从屠场运出来的牛体,听到一阵阵的猪的绝命时的惨叫,总觉得有些难当。牛肉车不是日日碰到的,有时远远地见到了就俯下了头管自己走路让它通过,至于猪的惨叫是所谓"夜半屠门声",发作必在夜静人定以后。我日里有板定的工作,探访酬酢及私务处理都必在夜间,平均一星期有三四日不在家里吃饭,回家来

二〇

往往要到十点至十一点模样。有时坐洋车,有时乘电车在附近下车再步行。总之都不免听到这夜半的屠门声。

在离那儿数十步的地方已隐隐听到猪叫了。同时有好几只猪在叫,突然来一个尖厉的曳长的声音,这不消说这是一只猪绝命了的表示。不多时继续地又是这么尖厉的一声。我坐在洋车上不禁要用手掩住耳朵,步行时总是疾速地快走,但愿这声音快些离开我的听觉范围,不敢再去联想什么,想象什么。到了听不见声音的地方,才把心放下,那情形宛如从噩梦里醒来一样。

为要避免这苦痛,我曾想减少夜间出外的次数,或到九点钟模样就回家来,可是事实常不许这样。尤其是废历年关的几天,我外出的机会更多了。屠场的屠杀也愈增加了,甚至于白天经过,也要听到悲惨的叫声。

"世界是这样,消极地逃避是不可能的。你方才不是吃猪肉的吗?那么为什么听到了杀猪就如此害怕?古来有志的名人为了要锻炼胆力,曾有故意到刑场去看行刑的事。现在到处有天灾人祸,世界大战又危机日迫,你如果连杀猪都要害怕,将来到了流血成河,杀人盈野的时候怎样?要改革现社会,就得先有和现社会罪恶对面的勇气,你如果能把猪的绝命的叫声老实谛听,或实地去参观杀猪的情形,也许因此会发起真正的慈悲心来,废止肉食。假惺惺的行为,毕竟只是对于自己的欺骗,不是好汉的气概!"有一天,在亲戚家里吃了年夜饭回来,我曾这样地在电车中自语。

  下了电车,走近河边,照例就隐约地有猪叫声到耳朵里来了。棚屋中的灯光隔河望去特别的亮,还夹入着热腾腾的烟雾。我抱了方才的决心步行着故意去听,总觉得有些难耐。及接连听到那几声尖厉的惨叫,不由自主地又把两耳掩住了。

——《中学生》第五十三号

钢铁假山

案头有一座钢铁的假山，得之不费一钱，可是在我室内的器物里面，要算是最有重要意味的东西。

它的成为假山，原由于我的利用，本身只是一块粗糙的钢铁片，非但不是什么"吉金乐石"片，说出来一定会叫人发指，是一二八之役日人所掷的炸弹的裂块。

这已是三年前的事了。日军才退出，我到江湾立达学园去视察被害的实况，在满目凄怆的环境中徘徊了几小时，归途拾得这片钢铁块回来。这种钢铁片，据说就是炸弹的裂块，有大有小，那时在立达学园附近触目皆是，我所拾的只是小小的一块阔约六寸，高约三寸，厚约二寸，重约一斤。一面还大体保存着圆筒式的弧形，从弧线的圆度推测起来，原来的直径应有一尺光景，不知是多少磅重的炸弹了。另一面是破裂面，巉削凹凸，有些部分像峭壁，有些部分像危岩，锋棱锐利得同刀口一样。

江湾一带曾因战事炸毁过许多房子，炸死过许多人。仅就立达学园一处说，校舍被毁的过半数，那次我去时瓦砾场上还见到未被收殓的死尸。这小小的一块炸弹裂片，当然参与过残暴的工作，和刽子手所用的刀一样，有着血腥气的。论到证据的性质，这确是"铁证"了。

我把这铁证放在案头上作种种的联想，因为锋棱又锐利摆不平稳，每一转动，桌上就起擦损的痕迹。最初就想配了架子当做假山来摆。继而觉得把惨痛的历史的证物，变装为古董性的东西，是不应该的。一向传来的古董品中，有许多原是历史的遗迹，可是一经穿上了古董的衣服，就减少了历史的刺激性，只当做古董品被人玩耍了。

这块粗糙的钢铁，不久就被我从案头收起，藏在别处，忆起时才取出来看。新近搬家整理物件时被家人弃置在杂屑篓里，找寻了许久才发现。为永久保藏起见，颇费过些思量。摆在案头吧，不平稳，而且要擦伤桌面。藏在衣箱里吧，防铁锈沾惹坏衣服，并且拿取也不便。想来想去，还是去配了架子当做假山来摆在案头好。于是就托人到城隍庙一带红木铺去配架子。

现在，这块钢铁片，已安放在小小的红木架上当做假山摆在我的案头了。时间经过三年之久，全体盖满了黄褐色的铁锈，凹入处锈得更浓。碎裂的整块的，像沉石田的峭壁，细杂的一部分像黄子久的皴法，峰冈起伏的轮廓有些像倪云林。客人初见到这座假山的,都称赞它有画意,问我从什么地方获得。家里的人对它也重视起来,不会再投入杂屑篓里去了。

这块钢铁片现在总算已得到了一个处置和保存的方法了,可是同时却不幸地着上了一件古董的衣裳,为减少古董性显出历史性起见,我想写些文字上去,使它在人的眼中不仅是富有画意的假山。

写些什么文字呢?诗歌或铭吗?我不愿在这严重的史迹上弄轻薄的文字游戏,宁愿老老实实地写几句纪实的话。用什么来写呢?墨色在铁上是显不出的,照理该用血来写,必不得已,就用血色的朱漆吧。今天已是二十四年的一月十日了,再过十八日,就是今年的"一二八",我打算在"一二八"那天来写。

——《中学生》第五十二号

中年人的寂寞

我已是一个中年的人。一到中年，就有许多不愉快的现象，眼睛昏花了，记忆力减退了，头发开始秃脱而且变白了，意兴体力什么都不如年轻的时候，常不禁会感觉到难以名言的寂寞的情味。尤其觉得难堪的是知友的逐渐减少和疏远，缺乏交际上的温暖的慰藉。

不消说，相识的人数，是随了年龄增加的，一个人年龄越大，走过的地方，当过的职务越多，相识的人理该越增加了。可是相识的人并不就是朋友，我们的和许多人相识，或是因了事务关系，或是因了偶然的机缘——如在别人请客的时候同席吃过饭之类。见面时点头或握手，有事时走访或通信，口头上彼此也称"朋友"，笔头上有时或称"仁兄"，诸如此类，其实只是一种社交上的客套，和"顿首""百拜"同是仪式的虚伪。这种交际可以说是社交，和真正的友谊相差似乎很远。

真正的朋友，恐怕要算"总角之交"

或"竹马之交"了。在小学和中学的时代容易结成真实的友谊,那时彼此尚不感到生活的压迫,入世未深,打算计较的念头也少,朋友的结成,全由于志趣相近或性情适合,差不多可以说是"无所为"的,性质比较纯粹。二十岁以后结成的友谊,大概已不免掺有各种各样的颜色分子在内,至于三十岁四十岁以后的朋友中间,颜色分子愈多,友谊的真实成分也就不免因而愈少了,这并不一定是"人心不古",实可以说是人生的悲剧。人到了成年以后,彼此都有生活的重担须负,入世既深,顾忌的方面也自然加多起来,在交际上不许你不计较,不许你不打算,结果彼此都"钩心斗角",像七巧板似的只选定了某一方面和对方去接合,这样的接合当然是很不坚固的,尤其是现代这样什么都到了尖锐化的时代。

在我自己的交游中,最值得系念的老是一些少年时代以来的朋友。这些朋友本来数目就不多,有些住在远地,连相会的机会也不可多得,他们有的年龄大过了我,有的小我几岁,都是中年以上的人了,平日各人所走的方向不同,思想趣味,境遇也都不免互异,大家晤谈起来,也常会遇到说不出的隔膜的情形。如大家话旧,旧事是彼此共喻的,而且大半都是少年时代的事,"旧游如梦",把梦也似的过去的少年时代重提,因了谈话的进行,同时就会关联了想起许多当时的事情,许多当时的人的面影,这时好像自己仍回归少年时代去了。我常在这种时候感到一种快乐，同时也感到一种伤感，那情形好比老妇人突然在抽屉里或箱子里发现了她盛年时的影片。

　　逢到和旧友谈话，就不知不觉地把话题转到旧事上去，这是我的习惯，我在这上面无意识地会感到一种温暖的慰藉。可是这些旧友，一年比一年减少了，本来只是屈指可数的几个，少去一个，是无法弥补的，我每当听到一个旧友死去的消息时候，总要惆怅多时。

　　学校教育给我们的好处，不但只是灌输知识，最大的好处，恐怕还在给予我们求友的机会一点上。这好处我到了离学校以后才知道，这几年来更确切地体会到，深悔当时毫不自觉，马马虎虎地过去了。近来每日早晚在路上见到两两三三地携着书包、携了手或挽了肩膀走着的青年学生们，我总艳羡他们有朋友之乐，暗暗地要在心中替他们祝福。

——《中学生》第四十九号

早老者的忏悔

朋友间谈话，近来最多谈及的是关于身体的事。不管是三十岁的朋友，四十左右的朋友，都说身体应付不过各自的工作，自己照起镜子来，看到年龄以上的老态。彼此感慨万分。

我今年五十，在朋友中原比较老大。可是自己觉得体力减退，已好多年了。三十五六岁以后，我就感到身体一年不如一年，工作起不得劲，只是怏怏地勉强挨，几乎无时不觉到疲劳，什么都觉得厌倦，这情形一直到如今。十年以前，我还只四十岁，不知道我年龄的都说我是五十岁光景的人，近来居然有许多人叫我"老先生"。论年龄，五十岁的人应该还大有可为，古今中外，尽有活到了七十八十，元气很盛的。可是我却已经老了，而且早已老了。

因为身体不好，关心到一般体育上的事情，对于早年自己的学校生活发现一个重大的罪过。现在的身体不好，可以说是当然的报应。这罪过是什么？就是看不起体操教师。

体操教师的被蔑视,似乎在现在也是普通现象。这是有着历史关系的。我自己就是一个历史的人物。三十年前,中国初兴学校,学校制度不像现在的完整。我是弃了八股文进学校的,所进的学校,先后有好几个,程度等于现在的中学。当时学生都是所谓"读书人",童生、秀才都有,年龄大的可三十岁,小的可十五六岁,我算是比较年轻的一个。那时学校教育虽号称"德育、智育、体育并重",可是学生所注重的是"智育",学校所注重的也是"智育","德育"和"体育"只居附属的地位。在全校的教师之中,最被重视的是英文教师,次之是算学教师,格致(理化博物之总名)教师,最被蔑视的是修身教师,体操教师。大家把修身教师认作迂腐的道学家,把体操教师认作卖艺打拳的江湖家。修身教师大概是国文教师兼的,体操教师的薪水在教师中最低,往往不及英文教师的半数。

那时学校新设,各科教师都并无一定的资格,不像现在的有大学或专门科毕业生。国文教师,历史教师,由秀才、举人中挑选,英文教师大概向上海聘请,圣约翰书院(现在改称大学,当时也叫梵王渡)出身的曾大出过风头,算学、格致教师也都是把教会学校的未毕业生拉来充数。论起资格来,实在薄弱得很。尤其是体操教师,他们不是三个月或半年的速成科出身,就是曾经在任何学校住过几年的三脚猫。那时一面有学校,一面还有科举，大家把学校教育当做科举的准备。体操一科，对于科举是全然无关的，又不像现在的学校有竞技选手之类的名目，谁也不去加以注重。在体操时间，有的请假，有的立在操场上看教师玩把戏，自己敷衍了事。体操教师对于所教的功课，似乎也并无何等的自信与理论，只是今日球类，明日棍棒，轮番着变换花样，想以趣味来维系人心。可是学生老不去睬他。

蔑视体操科，看不起体操教师，是那时的习惯。这习惯在我竟一直延长下去，我敢自己报告，我在以后近十年的学生生活中，不曾用了心操过一次的体操，也不曾对于某一位体操教师抱过尊敬之念。换一句话说，我在学生时代不信"一二三四"等类的动作和习惯会有益于自己后来的健康。我只觉得"一二三四"等类的动作枯燥无味。

朋友之中，有每日早晨在床上做二十分钟操的，有每日临睡操八段锦的，据说持久着做，会有效果，劝我也试试。他们的身体确比我好得多，我也已经从种种体验上知道运动的要义不在趣味而在继续持久，养成习惯。可是因为一向对于这些上面厌憎，终于立不住自己的决心，起不成头，一任身体一日不如一日。

我们所过的是都市的工商生活，房子是鸽笼，业务头绪纷繁，走路得刻刻留心，应酬上饮食容易过度，感官日夜不绝地受到刺激，睡眠是长年不足的，事业上的忧虑，生活上的烦闷是没有一刻忘怀的,这样的生活当然会使人早老早死,除了捏锄头的农夫以外,却无法不营这样的生活,这是事实,积极的自救法,唯有补充体力,及早预备好了身体来。

"如果我在学生时代不那样蔑视体操科,对于体操教师不那样看不起他们,多少听受他们的教诲,也许……"我每当顾念自己的身体现状时常这样暗暗叹息。

——《中学生》第五十八号

送殡的归途

"唉！老王真死得可悲。——现在让他好好地独自困在会馆里吧。连日你我为了他的病，真累够了。该去散散才是。哙，一道到什么地方去看电影好吗？"

"……"

"怎么？"

"没有什么。我想起陶渊明的诗了。'向来相送人，各自还其家。亲戚或余悲，他人亦已歌。'才送朋友的丧回来，就去看电影吗？"

"那么依你说，我们应该留在棺材旁流泪陪他，或者更进一步，生起和他同样的病来跟他死掉！"

"这是笑话了。老王有知，也决不愿我们如此的。你看，老王的夫人，这几天，虽然哭得很利害，再过几天，一定不会再哭了。何况我们是他的朋友。"

"人到了死的时候，父母妻儿朋友原都是无法帮助的。"

"岂但死的时候呢？活着的时候，旁人能帮助的也只是极浅薄极表面的一部分。真正担当着这一切的,还不是这孤零零的自己!人本来是一个个的东西。想到这里,我真觉得人生是寂寞的。"

"你这寂寞和普通所谓寂寞不同,颇有些宗教气了哩。"

"呃,这是一种无可奈何的寂寞。宗教的起因,也许就为了人类有这种寂寞的缘故。我现在尚不信宗教,我只想把这寂寞来当做自爱自奋的出发点。反正人是要靠自己的,乐得独来独往地干一生。"

"好悲壮的气概!"

"……"

——《二十四年文艺日记》

阮玲玉的死

电影女伶阮玲玉的死，叫大众非常轰动。这一星期以来，报纸上连续用大幅记载着她的事，街谈巷语都以她为话题。据说：跑到殡仪馆去瞻观遗体的有几万人，其中有些人是特从远地赶来的。出殡的时候沿途有几万人看。甚至还有两个女子因她的死而自杀。轰动的范围之广为从来所未有。她死后的荣衰，老实说，超过于任何阔人，任何名流。至于那些死后要大发讣闻号召吊客，出材时要靠许多叫花子来捧场面的大丧事，更谈不上了。

一个电影女伶的死竟会如此轰动大众，这原因说起来原不简单。第一，她的死是自杀的，自杀比生病死自然更易动人；第二，她的死是为了恋爱的纠纷，桃色事件照例是容易引起大众的注意的；第三，她是一个电影伶人，大众虽和她无往来，但在银幕上对她有相当的认识，抱有相当的好感。这三种原因合在一起遂使她的死如此轰动大众。

如果把这三种原因分析比较起来，我以为第三个原因是主要的，第一第二并不是主要的原因。现今社会上自杀的人差不多日日都有，桃色事件更不计其数，因桃色事件而自杀的男女也不知有多少，何以不曾如此轰动大众呢？阮玲玉的死所以如此使大众轰动，主要原因就在大众对她有认识，有好感，换句话说，她十年来体会大众的心理，在某程度上是曾能满足大众要求的。同是电影女伶，同是自杀的一年以前有过一个艾霞，社会人士虽也曾为之惋惜，却没有如此轰动，那是因她上银幕未久，作品不多，功力尚未能深入人心的缘故。

　　不论音乐绘画文学或是什么，凡是真正的艺术，照理都该以大众为对象，努力和大众发生交涉的。艺术家的任务就在用了他的天分体会大众的心情，用了他的技巧满足大众的要求。好的艺术家，必和大众接近，同时为大众所认识所爱戴。普式庚出殡时啜泣而送的有几万人，陀思妥夫斯基的死，许多人有为之号哭，农民画家米莱的行事和作品到今还在多数人心里活着不死。他们一向不忘记大众，一切作为都把大众放在心目中，所以大众也不忘记他，把他们放在心目中。这情形原不但艺术上如此，政治上、道德上、事业上、学问上都一样。凡是心目中没有大众的，任凭他议论怎样巧，地位怎样高，声势怎样盛，大众也不会把他放在心目中。

　　现在单就艺术来说，在各种艺术之中，最易有和大众接触的机会的要算戏剧和文学。因为戏剧天然有许多观众，文学靠了印刷的传布，随时随地可得到读者。

同是戏剧，电影比一向的京剧昆剧接近大众得多。这只要看京剧昆剧已观客渐少而电影院到处林立的现象，就可知道。在今日，旧剧的名伶——假定是梅兰芳氏吧，有一天如果死了，死因无论怎样，轰动大众的程度，决不及这次的阮玲玉，这是可预言的。电影伶人卓别林将来死时，必将大大地有一番轰动，这也是可预言的。因为电影在性质上比歌剧接近着大众，它的艺术材料及演出方法，在对大众接触一点上有着种种旧剧所没有的便利。阮玲玉的表演技术原不能说已了不得，已好到了绝顶，她在电影上的功力，和从来名伶在旧剧上的功力，两相比较起来，也许不及。她的所以能因了相当的成就，收得较大的效果，可以说因为她是电影伶人的缘故。如果她以同样的功力投身在旧剧中，也许只是一个平常的女伶而已。这完全是艺术材料和方法进步不进步的关系。

同样的情形也可应用到文学上。文学是用文字做的艺术，它的和大众接近，本来就没有像电影的容易。电影只要有眼睛的就能看，文学却须以识得懂得文字为条件，文学对于文盲，其无交涉等于电影之对于瞎子。国内瞎子不多，文盲却自古以来占着大多数，到现在还是占着大多数。文学在中国根本是和大众绝缘的东西。救济的方法，一方面固然须普及教育，扫除文盲，一方面还得像旧剧改进到电影的样子，把文学的艺术材料和演出方法改进，使容易和大众接近，世间各种新文学运动，用意不外乎此。新文学运动，离成功尚远，并且还有各种各样的阻力在加以障碍。例如到现在还居然有人主张作古文读经。中国自古有过许多杰出的文人，现在也有不少好的文人，可是大众之中认识他们，爱戴他们的人有多少呢？长此下去，中国文人心目中没有大众的不必说了，即使心目中想有大众，也无法有大众吧。中国文人死的时候，像阮玲玉似的能使大众轰动的，过去固然不曾有过，最近的将来也决不会有吧。这是可使我们做文人的愧杀的。

——《太白》第二卷第二期

春的欢悦与感伤

四季之中,向推"春秋多佳日",而春尤为人所礼赞。自古就有许多颂扬春的话,春未到先要迎盼,春一去不免依恋。春继冬而至,使人从严寒转入温暖,且为万物萌动的季节,在原始时代,人类的活动与食物都从春开始获得,男女配偶也都在春完成。就自然状态说,春确是值得欢迎的。

可是自然与人事并不一定调和,自古文辞中于"惜春""迎春"等类题材以外,还有"伤春""春怨"等类的题目。"闺中少妇不知愁,春日凝妆上翠楼。忽见陌头杨柳色,悔教夫婿觅封侯。"这是唐人王昌龄的诗。"三分春色二分愁,更一分风雨。"这是宋人叶清臣的词,都是写春的感伤的。其感伤的原因,全在人事之不如意。社会愈复杂,人事上的不如意越多,结果对于季节的欢悦的事情减少,感伤的事情加多。这情形正像贫家小孩盼新年快到,而做父母的因债务关系想到过年就害怕。

我每年也曾无意识地以传统的情怀从冬天盼望春光早些来到。可是真从春天得到春的欢悦的，有生以来，除未经世故的儿时外，可以说并没有几次。譬如说吧，此刻正是三月十三日的夜半，真是所谓春宵了，我却不曾感到春宵的欢喜，一家之中轮番地患着春季特有的流行性感冒，我在灯下执笔写字，差不多每隔一两分钟要听到妻女们的呻吟和干咳一次。邻家收音机和麻将牌的喧扰声阵阵地刺入我的耳朵，尤使我头痛。至于日来受到的事务上经济上的烦闷，且不去说它。

都市中没有"燕子"，也没有"垂杨"，局促在都市中的人，是难得见到春日的景物的。前几天吃到油菜心和马兰头的时候，我不禁起了怀乡之念，想起故乡的春日的光景来。我所想的只是故乡的自然界，园中菜花已发黄金色了吧，燕子已回来了吧，窗前的老梅已结子如豆了吧，杜鹃已红遍了屋后的山上了吧……只想着这些，怕去想到人事。因为乡村的凋敝我是知道的，故乡人们的困苦情形我知道得更详细。

宋人张演《社日村居》诗云："鹅湖山下稻粱肥，豚栅鸡栖对掩扉，桑柘影斜春社散，家家扶得醉人归。"这首诗中所写的只是乡村春景的一角，原没有什么大了不得，可是和现在的乡间情形比较起来，已好像是羲皇以前的事了。

春到人间，据日历上所记已好久了，但是春在哪里呢？有人说"在杨柳梢头",又有人说"在油菜花间",也许是的吧,至于我们一般人的身上,是不大有人能找得到的。

——《中学生》第四十四号

原始的媒妁

媒妁者叫做"月老",这典故据说出于《续幽异录》所载唐韦因的故事。据那故事:月下老人执掌人间婚姻簿册,对于未来有夫妻缘分的男女,暗中给他们用红丝系在脚上。月下老人就是司男女婚姻的神。

古今笔记中常见有"跳月"的记载,说野蛮民族每年择期作"跳月"之会,聚未婚男女在月下跳舞,彼此相悦,即为配偶。陆次云有一篇《跳月记》,述苗人跳月的情形非常详尽。

把上面两段话联结了看来,月亮与男女的结合,似乎很有关系。男女的结合发生于夜,婚姻的"婚"字原作"昏",就是夜的意思。说虽如此,黑夜究有种种不便,在照明装置还非常幼稚或竟缺如的原始社会,月亮就成了婚姻的媒介者。中国月下老人的传说,也许是唐以后就有的,无非是把月亮来加以拟人化罢了。月下老人其实就是月亮的本身。

在已开化的我们现代,"跳月"

的风习原已没有了，可是痕迹还存在。日本有所谓"盆踊"（bonadori）者，至今尚盛行于各地。"盆"即"于兰盆"之略语，为民间祭名之一。日期在旧历七月十五，日本每至七月十五前后，各地举行盆祭，男女饮酒跳舞为乐，较我国之兰盆会热狂得多，因此常发生攸关风化的事件。中国各乡间迎神赛会，日期亦常有月圆的望日。吾乡（浙东上虞）的会节，差不多都在旧历月半。如"正月半"，"三月半"，"六月半"，"八月半"，"九月半"，"十月半"之类。届时家家迎新接眷，男女都盛装了空巷而往。观于从来有"好男不看灯，好女不游春"之戒，足以证明这是"跳月"的变形了。吾乡最盛的会是"三月半"，无妻的男子向有"看过三月半，心里宽一半"的谣谚。意思是说：会场上有女如云，不怕讨不着老婆。

月亮对于男女的关系，似并不偶然，莫泊桑有一篇描写性欲的短篇，就叫《月光》。由此类推去看，古来名句"月上柳梢头，人约黄昏后"是具着有机的技巧的，那都会中作为男女情场的跳舞厅与影戏院中的电灯光，其朦胧宛如月夜，也是合乎性心理的了。

——《中学生》第三十七号

白马湖之冬

在我过去四十余年的生涯中,冬的情味尝得最深刻的要算十年前初移居白马湖的时候了。十年以来,白马湖已成了一个小村落,当我移居的时候,还是一片荒野。春晖中学的新建筑巍然矗立于湖的那一面,湖的这一面的山脚下是小小的几间新平屋,住着我和刘君、心如两家。此外两三里内没有人烟。一家人于阴历十一月下旬从热闹的杭州移居于这荒凉的山野,宛如投身于极带中。

那里的风,差不多日日有的,呼呼作响,好像虎吼。屋宇虽系新建,构造却极粗率,风从门窗隙缝中来,分外尖削。把门缝窗隙厚厚地用纸糊了,椽缝中却仍有透入,风刮得厉害的时候,天未夜就把大门关上,全家吃毕夜饭即睡入被窝里,静听寒风的怒号,湖水的澎湃。靠山的小后轩,算是我的书斋,在全屋子中是风最少的一间,我常把头上的罗宋帽拉得低低地在洋灯下工作至深夜。松涛如吼,霜月当窗,饥鼠吱吱在承尘上奔蹿，我于这种时候，深感到萧瑟的诗趣，常独自拨划着炉灰，不肯就睡。把自己拟诸山水画中的人物，作种种幽邈的遐想。

现在白马湖到处都是树木了，当时尚一株树木都未种，月亮与太阳都是整个儿的。从上山起直要照到下山为止。在太阳好的时候，只要不刮风，那真暖和得不像冬天。一家人都坐在庭间曝日，甚至于吃午饭也在屋外，像夏天的晚饭一样。日光晒到哪里，就把椅凳移到哪里，忽然寒风来了，只好逃难似的各自带了椅凳逃入室中，急急把门关上。在平常的日子，风来大概在下午快要傍晚的时候，半夜即息。至于大风寒，那是整日夜狂吼，要二三日才止的。最严寒的几天，泥地看去惨白如水门汀，山色冻得发紫而黯，湖波泛深蓝色。

下雪原是我所不憎厌的，下雪的日子，室内分外明亮，晚上差不多不用燃灯，远山积雪，足供半个月的观看，举头即可从窗中望见。可是究竟是南方，每冬下雪不过一两次。我在那里所日常领略的冬的情味，几乎都从风来。白马湖的所以多风，可以说是有着地理上的原因的，那里环湖原都是山，而北首却有一个半里阔的空隙，好似故意张了袋口欢迎风来的样子。白马湖的山水，和普通的风景地相差不远，唯有风却与别的地方不同。风的多和大，凡是到过那里的人都知道的。风在冬季的感觉中，自古占着重要的因素，而白马湖的风尤其特别。

现在，一家侨居上海多日了，偶然于夜深人静时听到风声的时候，大家就要提起白马湖来，说："白马湖不知今夜又刮得怎样厉害哩！"

——《中学生》第四十号

良乡栗子

"请,趁热。"

"啊!日子过得真快!又到了吃良乡栗子的时候了。"

"像我们这种住弄堂房子的人,差不多是不觉得季候的。春、夏、秋、冬,都不知不觉地让它来,不知不觉地让它过去。前几天在街上买着苹果、柿子、良乡栗子,才觉到已到深秋了。"

"向来有'良乡栗子,难过日子'的俗语,每年良乡栗子上市,寒冷就跟着来了。良乡栗子对于穷人,着实是一个威胁哩。"

"今年是大荒年,更难过日子吧。哎哟,这几个年头儿,穷人老是难过日子,不管良乡栗子不良乡栗子,'半山梅子'的时候,何曾好过日子?'奉化桃子'的时候,也何曾好过日子?"

"对了,那原是几十年前的老话罢了,世界变得真快,光是良乡栗子,也和从前不同了。"

"有什么不同?"

"从前的良乡栗子是草纸包的,现在改用这样牛皮纸做的袋子了,上面还印得有字。栗子摊招徕买主,向来是一块红纸上写金字的挂牌,后来加用留声机,新近是留声机已不大看见,都改为无线电收音机了。几乎每个栗子摊都有一架收音机。"

"这不是进步吗?"

"进步呢原是进步,可惜总是替外国人销货色。从前的草纸、红纸,不消说是中国货,现在的牛皮纸、收音机是外国货。良乡栗子已着洋装了!你想,我们今天吃两毛钱的良乡栗子,要给外国赚几个钱去?外国人对于良乡栗子一项,每年可销多少牛皮纸?多少收音机?还有印刷纸袋用的油墨、机器?……"

"这是一段很好的提倡国货演说啊!去年是国货年,今年是妇女国货年,明年大概是小孩国货年了吧。有机会时你去上台演说倒好!"

"可惜没有人要我去演说,演说了其实也没有用。中国的军备、交通、卫生、文化、教育、工艺,哪一件不是直接间接替外国人推销货色的玩意儿?"

"唉!——还是吃良乡栗子吧——这是'良乡栗子大王',你看,纸袋上就印着这几个字。"

"这也是和从前不同的一点,从前是叫'良乡名栗'、'良乡奎栗'的,现在改称'大王'了。外国有的是'钢铁大王'、'煤油大王'、'汽车大王';我们中国有的是'瓜子大王'、

'花生米大王'、'栗子大王',再过几天'湖蟹大王'又要来了。什么都是'大王',好多的'大王'呵!"

"还有哩!'鸦片大王'、'麻将大王'、'牛皮大王'……"

"现在不但大王多,皇后也多。什么'东宫皇后'咧,'西宫皇后'咧,名目很多,至于'电影皇后'、'跳舞皇后',更不计其数。"

"这是很自然的,自古说'一阴一阳之为道',有这许多'大王',当然要有这许多'皇后'才相称。否则还成世界吗?"

"哈哈!"

——《中学生》第四十八号

两个家

"呀,你几时出来的?夫人和孩子们也都来了吗?前星期我打电话到公司去找你,才知道你因老太太的病,忽然变卦,又赶回去了,隔了一日,就接到你寄来的报丧条子。你今年总算够受苦了,从五月初上你老太太生病起,匆匆地回去,匆匆地出来,据我所知道的,就有四五次,这样大旱的天气,而且又带了家眷和小孩,光只川费一项也就可观了吧。"

"唉,真是一言难尽!这回赶得着送老太太的终,几次奔波还算是有意义的。"

"现在老太太的后事,想大致舒齐了吧。"

"哪里!到了乡间,就有乡间的排场,回神咧,二七咧,五七咧,七七咧,都非有举动不可,我想不举动,亲戚本家都不答应。这次头七出殡,间壁的二伯父就不以为然,说不该如是草草。家里事情正多哩,公司里好几次写快信来催,我只好把家眷留在家里,独自先来,隔几天再赶回去。"

"那么还要奔波好几趟呢。唉!像我们这样在故乡有老家的人,不好吃都市饭,最好是回去捏锄头。我们现在都有两个家,一个家在都市里,是亭子间或是客堂楼,厢房间,住着的是自己夫妇和男女。一个家在故乡,是几开间几进的房子,住着的是年老的祖父、祖母、父母和未成年弟妹。因为家有两个的缘故,就有许多无谓的苦痛要受到。像你这回的奔波,就是其中之一啊。"

"奔波还是小事,我心里最不安的,是没有好好地尽过服侍的责任。老太太病了这几个月,我在她床边的日子合计起来,不满一个星期。在公司里每日盼望家信,也何尝不刻刻把心放在她身上,可是于她有什么用呢。"

"这就是家有两个的矛盾了。我们日常不知可因此发生多少的矛盾,譬如说,我和你是亲戚,照礼,老太太病了,我应该去探望,故了,应该去送殓送殡,可是我都无法去尽这种礼。又譬如说,上坟扫墓是我们中国的牢不可破的旧礼法。一个坟头,如果每年没有子孙去祭扫,就连坟头要被人看不起的。我已有好几年不去扫墓了,去年也曾想去,终于因为离不开身,没有去成。我把家眷搬到都市里,已十多年了,最初搬家的原因是因为没有饭吃,办事的地方没有屋住,当时我父母还在世,也赞同我把妻儿带在身边住。不过背后却不免有'养儿子是假的'的叹息。我也曾屡次想接老父老母出来同居,一则因为都市里房价太贵,负担不起,而且都市的房子也不适宜于老年人居住。二则因为家里有许多房子和东西,也不好弃了不管,终于没有实行。迁延复迁延,过了几年,本来有子有孙的老父老母先后都在寂寞的乡居生活中故世了。你现在的情形,和我当日一样。"

"老太太在日,我每年总要带了妻儿回去一次,她见我们回去,就非常快乐,足见我们不在她身边的时候,是寂寞不快的。现在老太太死了,我越想越觉得难过。"

"像我们这种人,原不是孝子,即使想做孝子,也不能够。如果用了'晨昏定省''汤药亲尝'等等的形式规矩来责备,我们都是犯了不孝之罪的。岂但孝呢,悌也无法实行。我常想中国从前的一切习惯制度,都是农业社会的产物,我们生活在近代工商社会的人,要如法奉行,是很困难的。大家以农为业,父母子女兄弟天天在一处过活,对父母可以晨昏定省,可以汤药亲尝,对兄弟可以出入必同行,对长者可以有事服其劳,扫墓不必化川资,向公司告假,如果是士大夫,那么有一定的年俸,父母死了,还可以三年不做事,一心住在家里读礼守制。可是我们已经不能一一照做。一方面这种农业社会的习惯制度,还遗存着势力,如果不照做,别人可以责备,自己有时也觉得过不去。矛盾,苦痛,就从此发生了。"

"你说得对！我们现在有两个家，在都市里的家，是工商社会性质的，在故乡的家，是农业社会性质的。我在故乡的家还是新屋，是父亲去世前一年造的。父亲自己是个商人，我出了学校他又不叫我学种田，不知为什么要花了许多钱在乡间造那么大的房子。如果当时造在都市里，那么就是小小的一两间也好，至少我可以和老太太住在一处，不必再住那样狭隘的客堂楼了。"

"我家里的房子，是祖父造的，祖父也不曾种田。——过去的事，有什么可说的呢？现在不是还有许多人从都市里发了财，在故乡造大房子吗？由社会的矛盾而来的苦痛，是各方面都受到的。并非一方受了苦痛，一方会得什么利益。你因觉得对老太太未曾尽孝养之道，心里不安，老太太病中见了你因她的病，几次奔波回去，心里也不会爽快吧。你住在都市中的客堂楼上嫌憎不舒服，而老太太死后，那所巨大的空房子，恐也处置很困难吧。这都是社会的矛盾，我们生在这过渡时代，恰如处在夹墙之中，到处都免不掉要碰壁的。"

"老太太死后，我一时颇想把房子出卖。一则恐怕乡间没有人会承受，凡是买得起这样房子的人，自己本有房子，而且也是空着在那里的。一则对于上代也觉得过意不去，父亲造这房子颇费了心血，老太太才故世，我就来把它卖了，似乎于心不忍。"

"这就是所谓矛盾了。要卖房子,没有人会买;想卖,又觉得于心不忍,这不是矛盾的是什么?"

"那么你以为该怎么办?"

"我也不知道怎么办才好,你知道我自己也不曾把故乡的房子卖去,我只说这是矛盾而已。感到这种矛盾的苦痛的人,恐不止你我吧。"

——《中学生》第五十号

整理好了的箱子

他傍晚从办事的地方回家,见马路上逃难的情形较前几日更厉害了,满载着铺盖箱子的黄包车、汽车、搬场车,衔头接尾地齐向租界方面跑,人行道上一群一群地立着看的人,有的在交头接耳谈着什么,神情慌张得很。

他自己的里门口,也有许多人在忙乱地进出,里里面还停放着好几辆搬场车子。

她已在房内整理好了箱子。

"看来非搬不可了,里里的人家差不多快要搬空,本来留剩的已没几家,今天上午搬的有十三号、十六号,下午搬的有三号、十九号,方才又有两部车子开进里面来,不知道又是哪几家要搬。你看我们怎样?"

"搬到哪里去呢?听说黄包车要一块钱一部,汽车要隔夜预订,旅馆又家家客满。倒不如依我的话听其自然吧。我不相信真个会打仗。"

"半点钟前王先生特来关照,说他

本来也和你一样,不预备搬的,昨天已搬到法租界去了。他有一个亲戚在南京做官,据说这次真要打仗了。他又说,闸北一带今天晚上十二点钟就要开火,叫我们把箱子先搬出几只,人等炮声响了再说。"

"所以你在整理箱子?我和你没有什么好衣服,这几只箱子值得多少钱呢?"

"你又来了,'一二八'那回也是你不肯先搬,后来光身逃出,弄得替换衫裤都没有,件件要重做,到现在还没添配舒齐,难道又要……"

"如果中国政府真个会和人家打仗我们什么都该牺牲,区区不值钱的几只箱子算什么?恐怕都是些谣言吧。"

"…………"

几只整理好了的箱子胡乱地叠在屋角,她悄然对了这几只箱子看。

搬场汽车啵啵地接连开出以后,弄里面赖以打破黄昏的寂寞的只是晚报的叫卖声,晚报用了枣子样的大字列着"×××不日飞京,共赴国难,精诚团结有望""五全大会开会"等等的标题。

* * *

他傍晚从办事的地方回家,带来了几种报纸,里面有许多平安的消息,什么"军政部长何应钦声明对日亲善外交决不变更"，什么"窦乐安路日兵撤退"，什么"日本总领事声明决无战事"，什么"市政府禁止搬场"。她见这些大字标题，一星期来的愁眉为之一松。

"我的话不错吧，终究是谣言。哪里会打什么仗？"

"我们幸而不搬，隔壁张家这次搬场，听说花了两三百块钱呢。还有宝山路李家，听说一家在旅馆里困地板，连吃连住要十多块钱一天的开销。家里昨天晚上还着了贼偷。李太太今天到这里，说起来要下泪。都是造谣言的害人。"

"总之，中国人难做是真的。——这几只箱子不知道要到什么时候才有牺牲的机会呢？"

几只整理好了的箱子胡乱地叠在屋角，他悄然对了这几只箱子看。

打破里内黄昏的寂寞的仍旧还只有晚报的叫卖声，晚报上用枣子样的大字列着的标题是"日兵云集榆关"。

——《中学生》第六十号

致文学青年

××君：

承你认我为朋友，屡次以所写的诗与小说见示，这回又以终身职业的方向和我商量。我虽爱好文学，但自惭于文学毫无研究，对于你屡次寄来的写作，除于业务余暇披读，遇有意见时复你数行外，并不曾有什么贡献你过，你有时有信来，我也不能一一作复。可是这次却似乎非复你不可了。

你来书说："此次暑假在××中学毕业后，拟不升学，专心研究文学，靠文学生活。"壮哉此志！但我以为你的预定的方针大有须商量的地方。如果许我老实不客气地说，这是一种青年的空想，是所谓"一厢情愿"的事。你怀抱着如此壮志，对于我这话也许会感到头上浇冷水似的不快吧，但你既认我为朋友，把终身方向和我商量，我不能违了自己的良心。把要说的话藏匿起来，别用恭维的口吻来向你敷衍，讨好一时。

你爱好文学，有志写作，这是好的。

你的趣味，至少比一般纨绔子弟的学漂亮、打牌、抽烟、嫖妓等等的趣味要好得多，文学实不曾害了你。你说高中毕业后拟不再升大学，只要你毕业后，肯降身去就别的职业，而又有职业可就，我也赞成。现在的大学教育，本身空虚得很。学费、膳费、书籍费、恋爱费（这是我近来新从某大学生口中听到的名词）等等耗费很大，不升大学，也就罢了，人这东西，本来不必一定要手执大学文凭的。爱好文学，有专写作，不升大学，我都觉得没有什么不可，唯对于你的想靠文学生活的方针，却大大的不以为然。

靠文学生活，换句话说，就是卖字吃饭（从来曾有人靠书法吃饭的叫做"卖大字"，现在卖文为活的人可以说是"卖小字"的）。卖字吃饭的职业（除钞胥外）古来未曾有过。因文字上有与众不同的伎俩，因而得官或被任为幕府或清客之类的事例，原很多很多，但直接靠文学过活的职业家，在从前却难找出例子来。杜甫、李白不曾直接卖过诗，左思作赋，洛阳纸贵，当时洛阳的纸店老板也许得了好处，左思自己是半文不曾到手的。至于近代，似乎有靠文学吃饭的人了。可是按之实际，这样职业者极少极少，且最初都别有职业，生活资粮都靠职业维持，文学生活只是副业之一而已。这种人一边从事职业，或在学校教书，或入书店、报馆为编辑人，一边则钻研文学，翻译或写作。他们时常发表，等到在文学方面因了稿费或版税可以维持生活了,这才辞去职业,来专门从事文学。举例说吧,鲁迅氏最初教书,后来一边教书一边在教育部做事,数年前才脱去其他职务,他的创作,大半在教书与做事时成就的。周作人氏至今还在教书。再说外国,俄国高尔基经过各种劳苦的生涯,他做过制图所的徒弟,做过船上的仆欧,做过肩贩者、挑夫。柴霍甫做过多年的医生,易卜生做过七年的药铺伙计,威尔斯以前是新闻记者。从青年就以文学家自命想挂起卖字招牌来维持生活的人,文学史中差不多找不出一个。

你爱好文学,我不反对。你想依文学为生活,在将来也许可能,你不妨以此为理想。至于现在就想不做别事,挂了卖字招牌,自认为职业的文人,我觉得很是危险。卖文是一种"商业行为",在这行为之下,文字就成了一种商品。文字既是商品,当然也有牌子新老,货色优劣之别,也有市面景气与不景气之分。并且,文学的商品与别的商品性质又有不同,文字的成色原也有相当测度的标准,可是究不若其他商品的正确。文字的销路的好坏,多少还要看世人口胃的合否。如果有人和你订约,叫你写什么种类的东西,或翻译什么书,那是所谓定货,且不去管它。至于你自己写成的东西,小说也好,诗也好,剧本也好,并非就能换得生活资料的。想以此为活,实在是靠不住的事。

你的写作,我已见过不少,就文字论原是很有希望的,但我不敢断定你将来一定能靠文字来生活自己,至少不敢保障你在中学毕业后就能靠卖字吃饭养家。最好的方法是暂时不要以文学专门者自居，别谋职业，一边继续钻研文学，有所写作，则于自娱以外，不妨试行投稿。要把文学当做终身的事业，切勿轻率地以文学为终身的职业。

鄙见如此，不知你以为何如？

——《中学生》第十五号

读诗偶感

数年前，经朱佩弦君的介绍，求到了黄晦闻（节）氏的字幅。黄氏是当代的诗家，我求他写字的目的，在想请他写些旧作，不料他所写的却不是自己的诗，是黄山谷的《戏赠米元章》二首。那诗如下：

万里风帆水着天。麝煤鼠尾过年年。沧江静夜虹贯月。定是米家书画船。

我有元晖古印章。印刓不忍与诸郎。虎儿笔力能扛鼎。教字元晖继阿章。

字是写得很苍劲古朴的，把它装裱好了挂在客堂间里，无事的时候，一个人看着读着玩。字看看倒有味，诗句读读却感到无意味，不久就厌倦了把它收藏起来，换上别的画幅。

近来，听说黄氏逝世了，偶然念及，再把那张字幅拿出来挂上，重新来看着读着玩。黄氏的字仍是有味的，而山谷的诗句仍感到无意味。于是我就去追求这诗对我无意味的原因。第一步把平日读过的诗来背诵,发现我所记得的诗里面,有许多也是对我意味很少或竟是无意味的,再去把唐宋人的集子来随便翻,觉得对我无意味的东西竟着实不少。

文艺作品的有意味与无意味,理由当然不很简单,说法也许可以各人不同吧。我现在所觉到的,只是一点,就是:对我的生活可以发生交涉的有意味,否则就无意味。让我随便举出一首认为有意味的诗来,如李白的静夜思:

床前明月光,疑是地上霜。举头望明月,低头思故乡。

这首诗从小就记熟,觉得有意味,至今年纪大了,仍觉得有意味。第一,这里面没有用着一定的人名,任何人都可以做这首诗的主人公。"疑",谁"疑"呢?你疑也好,我疑也好,他疑也好,"举头"、"望"、"低头"、"思",这些动作,任凭张三李四来做都可以。诗句虽是千年以前的李白做的,至今任何人在类似的情景之下,都可以当做自己的创作来念。心中所感到的滋味,和作者李白当时所感到的可以差不多。第二,这里面用着不说煞的含蓄说法,只说"思故乡",不加"恋念""悲哀"等等的限定语。为父母而思故乡也好,为恋人而思故乡也好,为战乱而思故乡也好,什么都可以。犹之数学公式中的 X,任凭你代入什么数字去,都可适用。如果前人的文学作品可以当遗产的话,这类的作品,的确可以叫做遗产的了。

再回头来读山谷的两首诗：第一首是写米元章的船中书画生活的，米元章工书画，当时做着名叫"发运司"的官，长期在江淮间船上过活，船里带着许多书画，自称"米家书画船"。第二首是说要将自己所郑重珍藏的晋人谢元晖的印章赠与米元章的儿子虎儿（名友仁）。说虎儿笔力好，可取字元晖，使用这印章，继承父业。这两首诗在山谷自己不消说是有意味的，因为发挥着对于友人的情感，在米元章父子也当然有意味，因为这诗为他们而作。但是对千年以后的我们发生什么交涉呢？我们不住在船中，又不会书画，也没有古印章，也没有"笔力能扛鼎"的儿子，所以读来读去，除了些记得一件文人的故事和诗的本来的平仄音节以外，毫不觉得有什么了。如果用遗产来作譬喻，李白《静夜思》是一张不记名的支票，谁拿到了都可支取使用，籴米买菜。山谷的《戏赠米元章》二首是一张记名的划线支票，非凭记着的那人不能支取，而这记着的那人却早已死去了的。于是这张支票捏在我们手里，只好眼睛对它看看而已。

山谷的集子里当然也有对我们有意味的诗，李白的集子里也有对我们无意味的诗，上面所说的只是我个人现在的选择见解。依据这见解把从来汗牛充栋的诗集、文集、词集来检验估价，被淘汰的东西，将不知有若干。以前各种各样的选本，也不知该怎样翻案才好。这对于古人也许是一种忤逆,但为大众计,是应该的,我们对于前人留下来的文艺作品,要主张读的权利,同时要主张有不读的自由。

——《中学生》第五十五号

（京）新登字083号

图书在版编目（CIP）数据

平屋杂文 / 夏丏尊著. -- 北京：中国青年出版社，2012.11
（老开明原版名家散文系列）ISBN 978-7-5153-1145-6

Ⅰ.①平… Ⅱ.①夏… Ⅲ.①散文集-中国-现代 ②随笔-作品集-中国-现代 Ⅳ.①I266
中国版本图书馆CIP数据核字（2012）第244080号

责任编辑：万同林
装帧设计：瞿中华

出版发行：中国青年出版社
社　址：北京东四12条21号
邮政编码：100708
网　址：www.cyp.com.cn
编辑部电话：（010）57350404
门市部电话：（010）57350370
印　刷：三河市华润印刷有限公司
经　销：新华书店

开本：880×1230　1/32
印张：5.25
字数：55千字
印数：1-4000册
版次：2012年11月北京第1版
印次：2012年11月河北第1次印刷
定价：22.00元

本图书如有印装质量问题，请凭购书发票与质检部联系调换
联系电话：（010）57350337